CB082654

Para o Rodrigo

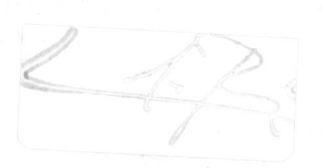

TÍTULO:	INTRODUÇÃO À LEITURA DAS VIAGENS NA MINHA TERRA
AUTOR	CARLOS REIS
EDITOR:	LIVRARIA ALMEDINA – COIMBRA www.almedina.net
LIVRARIAS:	LIVRARIA ALMEDINA ARCO DE ALMEDINA, 15 TELEF. 239 851900 FAX 239 851901 3004-509 COIMBRA – PORTUGAL LIVRARIA ALMEDINA – PORTO R. DE CEUTA, 79 TELEF. 22 2059773 FAX 22 2039497 4050-191 PORTO – PORTUGAL EDIÇÕES GLOBO, LDA. R. S. FILIPE NERY, 37-A (AO RATO) TELEF. 21 3857619 FAX 21 3844661 1250-225 LISBOA – PORTUGAL LIVRARIA ALMEDINA ATRIUM SALDANHA LOJA 31 PRAÇA DUQUE DE SALDANHA, 1 TELEF. 213712690 atrium@almedina.net LIVRARIA ALMEDINA – BRAGA CAMPOS DE GUALTAR UNIVERSIDADE DO MINHO 4700-320 BRAGA TELEF. 25 3678822 braga@almedina.net
EXECUÇÃO GRÁFICA:	G.C. – GRÁFICA DE COIMBRA, LDA. PALHEIRA – ASSAFARGE 3001-453 COIMBRA E-mail: producao@graficadecoimbra.pt OUTUBRO, 2001
DEPÓSITO LEGAL:	120023/98

Toda a reprodução desta obra, por fotocópia ou outro qualquer processo, sem prévia autorização escrita do Editor, é ilícita e passível de procedimento judicial contra o infractor

CARLOS REIS
Professor da Faculdade de Letras de Coimbra

INTRODUÇÃO À LEITURA DAS VIAGENS NA MINHA TERRA

3.ª Edição

(REIMPRESSÃO)

(22.º MILHAR)

ALMEDINA

OUTROS TRABALHOS DO AUTOR

Estatuto e perspectivas do narrador na ficção de Eça de Queirós, Coimbra, Liv. Almedina, 1975.
Introdução à leitura d'Os Maias, Coimbra, Liv. Almedina, 1978.
Comentario de textos. Metodología y diccionario de términos literarios, Salamanca, Ediciones Almar, 1979.
Introdução à leitura de Uma Abelha na Chuva, Coimbra, Liv. Almedina, 1980.
Fundamentos y técnicas del análisis literario, Madrid, Editorial Gredos, 1981.
Construção da leitura. Ensaios de metodologia e de crítica literária, Coimbra, Centro de Literatura Portuguesa/I.N.I.C., 1982.
O discurso ideológico do Neo-Realismo português, Coimbra, Liv. Almedina, 1983.
Dicionário de Narratologia (em colab. com Ana Cristina M. Lopes), Coimbra, Liv. Almedina, 1987.
Para una semiótica de la ideología, Madrid, Taurus, 1987.
A construção da narrativa queirosiana. O espólio de Eça de Queirós (em colab. com Maria do Rosário Milheiro), Lisboa, Imprensa Nacional-Casa da Moeda, 1989.
As Conferências do Casino, Lisboa, Publicações Alfa, 1991.
Towards a Semiotics of Ideology, Berlin/New York, Mouton de Gruyter, 1993.
História Crítica da Literatura Portuguesa. O Romantismo (em colab. com Maria da Natividade Pires), Lisboa, Verbo, 1993.
O Conhecimento da Literatura. Introdução aos Estudos Literários, Coimbra, Almedina, 1995.
Eça de Queirós Consul de Portugal à Paris (1888-1900), Paris, Centre Culturel C. Gulbenkian, 1997.

PREFÁCIO

Se existe obra literária capaz de «resistir» a descrições sistemáticas, essa obra é, por certo, as Viagens na minha terra *de Garrett. Um passo, entre muitos outros, remete para semelhante dificuldade: «Neste despropositado e inclassificável livro das minhas VIAGENS, não é que se quebre, mas enreda-se o fio das histórias e das observações por tal modo, que, bem o vejo e sinto, só com muita paciência se pode deslindar e seguir em tão embaraçada meada».*
Assim é, de facto. Refutando o enquadramento num padrão de género definido, vinculando-se a critérios de criação artística centrados no princípio da espontaneidade e na recusa de toda a artificialidade, Garrett constrói uma obra tão sedutora como problemática, do ponto de vista da sua leitura e análise. Significa isto que as Viagens *são insusceptíveis de uma ponderação crítica que procure valorizar a sua organicidade e a complexa estruturação de que, de facto, a obra é tributária? De modo algum. Uma tal hipótese é liminarmente desmentida por alguns dos mais significativos títulos da bibliografia garrettiana, justamente empenhados em descrever a articulação de distintos níveis narrativos que nas* Viagens *se observam, em evidenciar o carácter sinuoso de estratégias narrativas instauradas, a relação do narrador com personagens e espaços, etc., etc.*
O presente trabalho, pretendendo-se apenas, como no título se indica, uma abordagem introdutória, *está consciente tanto das limitações que um tal intuito impõe, como das aludidas «resistências» da obra ao trabalho de análise. Daí que se proponha aqui fundamentalmente (e apenas) um percurso de leitura* possível: *aquele que procura adoptar o posicionamento que é próprio, em contexto escolar, da chamada* leitura integral; *a partir daí e pelo recurso aos instrumentos conceptuais que a* narratologia *faculta, privilegia-se uma exposição de teor marcadamente didáctico, numa linguagem tanto quanto possível clara, sem deixar de ser precisa do ponto de*

vista terminológico. *E também, naturalmente, procurando-se atingir os sentidos fundamentais que dominam a obra, sem o que fracassará qualquer análise, por mais rigorosa que se pretenda.*
Não se trata aqui de impor uma leitura unívoca e irrefutável das Viagens. *Fazê-lo seria ignorar a consabida condição plurissignificativa da literatura: é esse estatuto que assegura, afinal, a sobrevivência multissecular das grandes obras literárias, essa espécie de virtual disponibilidade para novas leituras, para a fascinante descoberta do que permanecia oculto e que um novo posicionamento crítico vem desvelar. Porque na obra literária sempre sobrevive um resíduo que desmente análises (supostamente) definitivas, toda a leitura há-de forçosamente assumir-se como provisória.*

Longe de se considerar irreversível, esta leitura das Viagens na minha terra *constitui sobretudo uma proposta de trabalho, mas ao mesmo tempo algo mais do que isso; ela é também desafio e estímulo para a superação e completamento do que aqui fica. Se assim acontecer, só por isso este trabalho terá justificado o seu aparecimento.*

C. R.

INTRODUÇÃO

Na "Notícia do autor desta obra" anteposta à *Lírica de João Mínimo*, Garrett atribui ao poeta imaginário que no título da obra é mencionado, as seguintes palavras:

> Eu fiz muito verso, muito verso mau, alguns sofríveis. Tenho queimado milhares, ainda aí tenho muitos. Mas fiz sempre por fugir do vício das escolas: nem sempre o consegui; geralmente é coisa que detesto. Que quer dizer horacianos, filintistas, elmanistas, e agora ultimamente clássicos, românticos? Quer dizer tolice e asneira sistemática debaixo de diversos nomes([1]).

Trata-se de um dos mais importantes textos de reflexão programática de Garrett, texto de significado oblíquo exactamente por não serem em princípio da responsabilidade do escritor as palavras citadas. Solidário, no entanto, com elas, Garrett equaciona neste texto alguns dos mais prementes problemas que a sua produção literária conheceu, incluindo a sinuosa relação com um outro que não o escritor.

Não é, entretanto, essa relação que de momento nos interessa, mas antes o peculiar posicionamento que no texto mencionado se adopta em relação a escolas literárias. Um posicionamento que, pode afirmar-se, regerá, em termos de independência e constante sentido de inovação, quase toda a produção literária de Garrett.

| 1. Formação cultural |

Nascido no último ano do século XVIII, em 1799, de Garrett pode dizer-se que traz consigo, desde a sua formação, marcas muito visíveis desse século, marcas que, contudo, não o impedem, ainda muito jovem, de se abrir a novos ventos culturais que provinham da Europa. Por outro lado, a passagem para o século XIX permite ao

---

([1]) In *Obras de Almeida Garrett*, Porto, Lello, 1963, vol. 1, pp. 1487-1498.

jovem Garrett testemunhar convulsões e transformações sociais que fortemente haviam de projectar-se sobre a sua vida e sobre o seu pensamento.

Refugiado na Terceira desde 1809, quando da segunda Invasão Francesa, Garrett forma-se sob o influxo de seu tio, o bispo de Angra, D. Fr. Alexandre da Sagrada Família. Figura austera e culta, o tio de Garrett propicia-lhe uma disciplinada aprendizagem e leitura dos clássicos, os da Antiguidade, os portugueses, também os franceses e os italianos: Horácio e Eurípides, Camões, Racine, Corneille, Metastásio, Maffei, etc. Nas palavras de Ofélia Paiva Monteiro, pode afirmar-se que, "sob a tutela espiritual deste Tio venerando, cuja ideologia e cujo temperamento nos parecem estar sumariados no capítulo XV das *Viagens* (consagrado a Fr. Dinis), o jovem Garrett formava-se, pois, num culto da verdade e da justiça que entrava em conflito com muitos aspectos do Portugal tradicional; de maneira alguma, porém, se confundia o ponto de partida de tão acerbo criticismo com quaisquer postulados menos ortodoxos em matéria de religião e de costumes, ou com uma ideologia liberal em matéria de política. À luz do Evangelho, o venerado mestre de João Baptista tanto combatia o frade devasso ou fanático, o nobre prepotente, o obscurantismo e a exploração dos humildes, como acusava o racionalismo e a liberdade relaxadora e utópica"([2]).

Entretanto, o tempo de Coimbra que depois sobrevém não traz a Garrett apenas a formação jurídica que o jovem estudante procurava. Para além disso, esses são os anos de contactos cada vez mais intensos com o ideário liberal a que Garrett ficaria fiel toda a vida e por que se bateria em diversos campos: como legislador, como parlamentar, como jornalista e também, naturalmente, como escritor. Justamente dessa época, de Coimbra e de 1817, é um

---

([2]) Ofélia Paiva Monteiro, *A formação de Almeida Garrett. Experiência e formação*, Coimbra, Centro de Estudos Românicos, 1971, vol. I, p. 53. À figura do tio de Garrett dedicou a mesma autora um longo e documentado estudo: *D. Frei Alexandre da Sagrada Família. A sua espiritualidade e a sua poética*, Coimbra, Por Ordem da Universidade, 1974. O apreço de Garrett por seu tio patenteia-se bem expressivamente no poema "A meu tio D. Alexandre da Sagrada Família": "(...) Tu, varão estremado,/Tu não morreste ainda no meu peito:/Tu que em minha alma tenra/ As primeiras sementes desparziste/Das letras, da virtude,/Que à sombra augusta de teu nobre exemplo/Tenras desabrochando,/Cresceram quanto são. (...)" *Obras de Almeida Garrett*, ed. cit., vol. 1, p. 1600.

inflamado soneto, suscitado pela repressão exercida sobre a primeira tentativa liberal em Portugal:

> O CAMPO DE SANT'ANA
>
> Longe, hipócritas vis, longe, impostores,
> O mentido aparato religioso!
> Que um Deus de amor, o nosso Deus piedoso
> Abomina, detesta esses horrores.
>
> De atrozes Leis cruentos guardadores,
> Vos curvais ante o déspota orgulhoso,
> E o sangue da pátria precioso
> Torpemente vendeis por seus favores.
>
> Geme sem protector a humanidade:
> E vós, juízes, vós, tigres humanos,
> A imolais sem remorso e sem piedade.
>
> Ah! tremei, sanguinários desumanos;
> Que ela há-de vir, tremei, a Liberdade
> Punir déspotas, bonzos e tiranos ([3]).

Numa forma poética, o soneto, proveniente ainda da disciplina arcádica, o jovem Garrett enuncia já temas (a liberdade, a rebeldia) que alguma coisa têm que ver não só e como é óbvio com o ideário liberal, mas já também com uma sensibilidade pré-romântica. Na *Lírica de João Mínimo* encontra-se, aliás, um conjunto de poemas em que ressoa distintamente esse ideário, num tom entre o solene e o exaltado: referimo-nos a textos como "A Liberdade", "À Pátria" ou "Aniversário da Revolução de 24 de Agosto", todos em conexão estreita com a primeira Revolução Liberal (1820) e com os seus incidentes político-ideológicos.

Convém, entretanto, não avançar excessivamente depressa. Se no Garrett desta fase é inequívoca a solidariedade para com a incipiente causa liberal, essa solidariedade não subverte radicalmente a formação neoclássica adquirida nos Açores. Tentativas dramáticas

---

([3]) *Obras de Almeida Garrett*, vol. 1, p. 1717. Acusado de encabeçar uma revolta liberal, Gomes Freire de Andrade (1757-1817) foi executado juntamente com cerca de doze companheiros (estes sentenciados no Campo de Santana, hoje dos Mártires da Pátria) e transformou-se num símbolo do combate pelo Liberalismo; para isso contribuiu também o facto de se tratar de uma figura com enorme prestígio de militar (antigo membro da Legião Portuguesa que se integrou no exército de Napoleão) e grão-mestre da Maçonaria.

desta época, tais como as tragédias *Lucrécia*, *Mérope* e *Catão* documentam claramente a sobrevivência dessa formação; o ousado poema-ensaio *O Retrato de Vénus* (tão ousado, para a época, que levou o autor ao tribunal, por abuso de liberdade de Imprensa) evidencia, em 1821, uma conjugação de sensualismo com mitologia e com um evidente fascínio pela beleza plástica, elementos todos provenientes de um certo paganismo de raiz clássica ([4]). E na *Lírica de João Mínimo*, onde se reúnem os textos poéticos da juventude (sensivelmente dos anos 1815 a 1824) são igualmente muito visíveis os vestígios neoclássicos: no léxico arcádico, na sintaxe, nas alusões mitológicas, mesmo em muitas epígrafes, com citações de Horácio, Virgílio, Catulo, etc.

Torna-se evidente, no entanto, que está em embrião a adesão ao Romantismo. Só que, como usualmente ocorre, essa adesão não se processa bruscamente, mas antes por movimentos lentos de interpenetração Neoclassicismo/Romantismo, por avanços e recuos; do mesmo modo, a progressiva presença em Garrett de marcas românticas não abalará nunca de forma definitiva os alicerces neoclássicos: formado e culturalmente amadurecido sob o signo da mudança, Garrett permanecerá um escritor profundamente híbrido, recusando, na sua prática artística, esse "vício das escolas" a que João Mínimo se referia e que, em última instância, significava fidelidade rígida a valores e princípios estético-culturais.

É assim que, a par das sobrevivências arcádicas, a *Lírica de João Mínimo* esboça, de facto, temas e atitudes de orientação romântica; o valor da Liberdade, a Saudade, a postulação nacionalista, são alguns desses temas e atitudes, de par com certas menções muito significativas: as epígrafes de diversos poemas, com citações de pré-românticos ingleses como Thomsom e Young, e sobretudo a presença tutelar de Filinto Elísio ([5]). Composições como "O aniver-

---

([4]) A polémica e processo judicial que esta obra suscitou foram objecto de um trabalho de Maria Antonieta Salgado, *A polémica sobre O Retrato de Vénus*, Lisboa, Imprensa Nacional-Casa da Moeda, 1983.

([5]) O ascendente cultural que Filinto Elísio (1734-1819) exerceu sobre Garrett deve-se a diversos factores. Sacerdote de formação iluminista e tendência liberal, o P.ᵉ Francisco Manuel do Nascimento, de seu nome civil, integrou-se na actividade cultural de pendor arcádico que dominou os finais do séc. XVIII português; justamente *filintismo* foi o nome atribuído a uma das subcorrentes arcádicas (feita de orientação horaciana, culto da contenção e precisão lexical), uma das escolas a que se refere João Mínimo (cf. "Notícia do autor desta obra", *Obras de Almeida Gar-*

sário de Filinto" e a longa elegia à morte do poeta "Filinto" são o tributo de Garrett para com um êmulo em quem o jovem escritor admirava não só o poeta, mas também o exilado da "pátria ingrata"; e o exílio era, de facto, um tema de profundas ressonâncias românticas, projectado com grande intensidade no imaginário de Garrett.

2. Garrett e o Romantismo

Que a experiência do exílio teve uma importância crucial para a formação do nosso Romantismo, mostrou-o Vitorino Nemésio sobretudo a propósito de Herculano([6]). Longe da pátria, permeáveis às influências de cenários culturais em que o Romantismo era já uma realidade, cultivando por vezes a condição de exilado com uma sensibilidade afectada pelos estigmas dessa condição (a saudade da pátria, a identificação com a situação do proscrito, etc.), os liberais que foram obrigados a expatriar-se tiveram decerto nessa experiência um marco fundamental das suas existências.

Por duas vezes sofreu Garrett o exílio: a primeira em 1823, quando a revolta absolutista conhecida como Vilafrancada conseguiu abolir a Constituição de 1822; a segunda em 1828, quando D. Miguel dissolveu as Cortes Constitucionais, restabeleceu o poder absolutista e instaurou uma atmosfera de violência e repressão. A Inglaterra e a França foram, de ambas as vezes, lugares de estadia do escritor exilado([7]); mas foi sobretudo na sua primeira experiên-

---

rett", pp. 1497-1498). Perseguido e exilado em França, Filinto Elísio morreu na miséria, tendo conseguido, no entanto, publicar as suas *Obras Completas* (1817-1819).

([6]) Cf. Vitorino Nemésio, *A mocidade de Herculano* (1810-1832), Amadora, Bertrand, 1978.

([7]) De Warwickshire e de 1823 são dois poemas de Garrett em que expressamente se representa a temática do exílio: "O exílio" e "A lira do proscrito", ambos na Lírica de João Mínimo. Num texto da década de 50, certamente da autoria de Garrett, chama-se a atenção para o carácter simultaneamente juvenil, patriótico e pré-romântico da obra:

Na *Lírica de João Mínimo*, tal como no princípio deste ano se publicou, está a infância poética, toda a vida juvenil do homem de letras, do artista, do patriota sincero e inocente, do entusiasta da Liberdade que ainda não cònhece, do amor que com exaltação, que serve com fervor, e pela qual sacrifica de bom grado à pátria, o sossego doméstico, a fortuna, a saúde e quanto os homens mais prezam. Há nessa lira uma corda que já soa de amor, do amor apaixonado, ardente, cioso que um dia abafará

cia inglesa que Garrett, pelo contacto intenso com um Romantismo amadurecido, com escritores como Walter Scott e Lord Byron, desenvolveu os embriões românticos que já a poesia da juventude revelava.

A aquisição do Romantismo não chega, no entanto, como ficou dito, para drasticamente pôr em causa sólidos fundamentos culturais adquiridos na adolescência. De resto, o Garrett adulto será, cada vez mais, um escritor regido pelo princípio da simbiose artística, da hábil e harmoniosa combinação de elementos (temáticos, técnico-literários, etc.) de natureza díspar. R. A. Lawton chamou a atenção para este pendor, ao descortinar, na obra garrettiana, a presença de elementos antagónicos e a relação dialéctica assim desencadeada: "Tudo o que existe supõe o seu contrário, existe em relação ao seu contrário, e metamorfoseia-se nele sob o olhar que cria a existência. Opor trevas e luz é conceber trevas e luz não só como entidades diferentes, mas também como uma relação"([8]).

O poema *Camões* sintetiza com notável expressividade muito do que ficou dito. Escrito e publicado em França, em 1825, ele é, antes de mais, um testemunho de emulação e apreço para com o grande épico, também ele exilado e perseguido; mas para além disso, o poema épico *Camões* pretende ser uma manifestação de independência e rebeldia cultural, de acordo com o que o escritor consignou no prefácio da primeira edição:

> A índole deste poema é absolutamente nova; e assim não tive exemplar a que me arrimasse, nem sorte que seguisse
>
> Por mares nunca dantes navegados.
>
> Conheço que ele está fora das regras; e que, se pelos princípios clássicos o quiserem julgar, não encontrarão aí senão irregularidades e defeitos. Porém declaro desde já que não olhei a regras nem a princípios, que não consultei Horácio nem Aristóteles, mas fui insensivelmente depós o coração e os sentimentos da natureza, que não pelos cálculos da arte e operações combinadas do espírito. Também o não fiz por imitar o estilo de Byron, que tão ridiculamente aqui macaqueiam hoje os franceses a torto e a direito, sem se lembrarem que para tomar as liberdades de Byron, e cometer impunemente seus atrevimentos, é mister haver um tal engenho e talento que, com

---

talvez as outras todas. Mas os gemidos soltos que por agora lança, os vagos suspiros que balbucia mostram bem claro que no coração do poeta dormem ainda as tempestades que porventura lhe hão-de agitar depois a vida. Para tudo o que não é a Pátria e a Liberdade, é tíbio e froixo o seu canto, desgarrado e mal sentido.

(*Obras da Almeida Garrett*, vol. 1, p. 1661).

([8]) R. A. Lawton, *Almeida Garrett. L'intime contrainte*, Paris, Didier, 1966, p. 11.

um só lampejo de sua luz, ofusca todos os descuidos e impede a vista deslumbrada de notar qualquer imperfeição. Não sou clássico nem romântico; de mim digo que não tenho seita nem partido em poesia (assim como em coisa nenhuma); e por isso me deixo ir por onde me levam minhas ideias boas ou más, e nem procuro converter as dos outros nem inverter as minhas nas deles: isso é para literatos de outra polpa, amigos de disputas e questões que eu aborreço ([9]).

Evidentemente que o escritor que diz não ser clássico nem romântico acaba, afinal, por sintonizar com a rebeldia e com o anti-dogmatismo que o Romantismo preconizava, uma e outro bem patentes também naquele desprezo por regras e princípios. Por outro lado, o *Camões* constitui uma manifestação de hibridismo estético-literário, pela combinação de elementos tão diversos como o léxico neoclássico e a temática da saudade, a estrutura da epopeia (invocação, dedicatória, narração *in medias res*) e a configuração do protagonista, o poeta Camões, como verdadeiro herói romântico. É este último aspecto que, afinal, mais intensamente se impõe: marcado por uma solidão ontológica própria do artista incompreendido ([10]), dotado de uma excepcional energia vital, o poeta Camões integra-se perfeitamente na galeria que integra outros heróis românticos como Werther, Adolphe, Eurico ou o Carlos das *Viagens na minha terra*.

O poema *Dona Branca*, publicado também no exílio e na mesma época em que Garrett escreveu o *Camões*, consolida e aprofunda a orientação romântica deste último ([11]). À lenda dos amores

---

([9]) *Obras de Almeida Garrett*, ed. cit., vol. 2, p. 293.

([10]) Atente-se nos traços do herói romântico contidos no seguinte passo: "Um só no meio de alegrias tantas/Quase insensível jaz: calado e quedo,/Encostado à amurada, os olhos fitos/Tem nesse ponto que negreja ao longe/Lá pela proa, e cresce a pouco e pouco./(...) No gesto senhoril, mas anuviado/De sombras melancólicas, impresso tem o carácter da cordura ousada/Que os filhos enobrece da vitória:/Gesto onde o som da belicosa tuba/Jamais a cor mudou, nem feito indigno/Tingiu de pejo vil." (*Camões*, I, 6; *Obras de Almeida Garrett*, p. 304).

([11]) Decerto com algum exagero e ostentação, Garrett explicou numa nota ao *Camões* a génese da *Dona Branca*:

Quase todo este poema foi escrito no Verão de 1824 em Ingouville ao pé do Havre de Grace, na margem direita do Sena. Passei ali cerca de dois anos da minha primeira emigração, tão só e tão consumido, que a mesma distracção de escrever, o mesmo triste gosto que achava em recordar as desgraças do nosso grande Génio, me quebrava a saúde e destemperava mais os nervos. Fui obrigado a interromper o trabalho: e dei-me, como indicação higiénica, a composição menos grave. Essa foi a origem de *D. BRANCA*, que fiz, seguidamente e sem interrupção, desde Julho até Outubro desse ano de 24, completando-a antes do *CAMÕES* que primeiro começara, e que só fui acabar a Paris no Inverno de 24 a 25. E quase que tenho hoje saudades

15

de uma filha de D. Afonso III com Aben-Afan, um príncipe árabe, Garrett incute uma coloração romântica que começa pelas circunstâncias exteriores que rodearam a publicação do poema: aparecendo sem o nome do autor na capa, mas antes sob as iniciais F.E. (sugestão visível no nome de Filinto Elísio), a *Dona Branca* surgiu envolta no mistério de um semi-anonimato que, no entanto, remetia para alguém caro a Garrett — também, no caso, um poeta exilado ([12]).

Mas para além disso, a *Dona Branca* praticamente funda uma poesia de índole nacional, com renúncia da mitologia pagã e elogio entusiástico das tradições populares. Aliando a esta opção um anti-racionalismo de inequívoca filiação romântica ([13]), Garrett aparece-nos aqui definitivamente conquistado por uma teoria climática do belo: trata-se de considerar que os juízos e vivências estéticas variam com as culturas e que é impossível estabelecer um padrão inflexível de criação artística. O canto III, depois de sublinhar a peculiaridade emocional dos povos do sul, em contraste com os do norte (est. V), estabelece uma linha de criação estética que, pode dizer-se, Garrett não mais abandonará:

> Vivam as fadas, seus encantos vivam!
> Nossas lindas ficções, nossa engenhosa
> Mitologia nacional e própria
> Tome enfim o lugar que lhe usurparam
> Na lusitana antiga poesia
> De suas vivas feições, de sua ingénua
> Natural formosura despojada
> Por gregos deuses, por espectros druídicos,
> E com postiças, emprestadas galas
> Arreada sem primor, rica sem arte ([14]).

— tal nos tem andado a sorte! — das engelhadas noites de Janeiro e Fevereiro que numa água-furtada da Rua do Coq. St. Honoré passávamos com os pés cozidos no fogo, eu e o meu amigo velho o Sr. J. V. Barreto Feio, ele trabalhando no seu *Salústio*, eu lidando no meu *Camões*, ambos proscritos, ambos pobres, mas ambos resignados ao presente, sem remorso do passado — e com esperanças largas no futuro. (*Obras da Almeida Garrett*, vol. 2, p. 423).

([12]) O tempo do Romantismo foi propício a mistificações deste género: em 1760, o poeta escocês James Macpherson, publicou poemas atribuídos ao bardo gaélico Ossian (séc. III), poemas que, afinal, ele mesmo forjara.

([13]) Atente-se no seguinte passo: "Que monta a razão frígida, e o pesado/Cálculo de medidos pensamentos/Pela bitola compassada, estreita/Dessa filosofia austera e seca,/Seva tirana d'alma que em tão brando/Sonho nos acordou de ilusões doces?/Fantasias embora... mas tão lindas,/Tão deleitosas! mas reais prazeres,-/Bens, verdadeiros bens, que os nós gozávamos,/E satisfeitos de sonhar dormíamos." (*Dona Branca*, canto III, I; *Obras de Almeida Garrett*, vol. 2, p. 498).

([14]) *Dona Branca*, canto III, VII; *Obras de Almeida Garrett*, vol. 2, p. 502.

A partir daqui, está aberto o caminho que conduz às *Viagens na minha terra*, caminho que importa traçar com nitidez. É preciso lembrar, entretanto, que o percurso cultural (e romântico) de Garrett passa pelo seu envolvimento na vida política portuguesa e pelas responsabilidades cívicas e sociais que esse envolvimento implicava; amigo de Passos Manuel, directamente empenhado na Revolução de Setembro (1836), de Garrett pode dizer-se que se encontra numa posição mais radical do que, por exemplo, Herculano. É justamente a adesão à Revolução de Setembro que torna Garrett responsável por uma tarefa de grande projecção cultural: a reforma do teatro português.

Praticamente reduzido, até então, à actividade de sofríveis companhias e a peças de origem francesa, o teatro que em Portugal se fazia carecia de quase tudo o necessário para ser verdadeiramente português: reportório, autores, actores e espaços de representação condignos. A fundação do Conservatório Dramático, o consequente fomento de uma produção dramática de índole nacional, a proposta de construção do Teatro Nacional de D. Maria II, são algumas das iniciativas com que Garrett assinala a política cultural do Setembrismo. E no plano da sua própria criação literária, obras como *Um Auto de Gil Vicente* (1838), *D. Filipa de Vilhena* (1840), *O Alfageme de Santarém* (1842) e *Frei Luís de Sousa* (1843) são ao mesmo tempo exemplo e resultado desse impulso de produção cultural de feição nacional([15]). Pode, assim, dizer-se que, "no caso de Garrett, homem de teatro, mundano, ávido de glória, extremamente sensível à opinião, imbuído, por outro lado, do sentimento do dever cívico de escritor, a resposta ao meio não podia deixar de ser a busca dos processos necessários para captar o seu público, sem o qual nem haveria teatro, nem glória actual, nem compradores de romances e livros de poesia, e, ao mesmo tempo, conduzi-lo, educar-lhe o gosto, acordar nele os impulsos mais nobres, despertá-lo para o renascimento nacional"([16]).

([15]) Em 1841, na introdução a *Um Auto de Gil Vicente*, Garrett sintetiza assim as funções atribuídas ao Conservatório Dramático: "Dirigindo a censura teatral, como faz; encaminhando os jovens autores na carreira dramática, como fez a tantos: formando actores, como está fazendo — devagar, que isso é o mais difícil de tudo — edificando uma casa digna da capital de uma nação culta, como também já principiava a fazer" (*Obras da Almeida Garrett*, vol. 2, p. 1323). No seu extenso estudo sobre o Romantismo português, José-Augusto França observou que os esforços renovadores de Garrett não tiveram as consequências que, do ponto de vista qualitativo, o autor do *Frei Luís de Sousa* desejava (cf. *O Romantismo em Portugal*, Lisboa, Livros Horizonte, 1974, 2º vol., pp. 412 ss.).

([16]) J. do Prado Coelho, "Garrett e os seus mitos", in *Problemática da história literária*, 2.ª ed., Lisboa, Ed. Ática, s/d., pp. 151-152.

3. A novelística garrettiana

Decididamente lançado numa via de criação estética que valoriza ao máximo temas e motivos de origem nacional, Garrett aprofunda essa tendência com um *Romanceiro* (1843), recolha que se nutre precisamente de lendas, xácaras, canções e romances populares portugueses: "O tom e o espírito verdadeiro português esse é forçoso estudá-lo no grande livro nacional, que é o povo e as suas tradições e as suas virtudes e os seus vícios, e as suas crenças e os seus erros"([17]). Se está, deste modo, adquirida a orientação nacionalista da temática literária garrettiana, está também confirmada, no *Romanceiro*, a possibilidade de se enformar essa temática numa matriz narrativa, que a expressão em verso naturalmente não põe em causa.

É essa matriz que preside a duas das mais destacadas obras da produção literária garrettiana: *O Arco de Santana* e as *Viagens na minha terra*. A narrativa constitui, de facto, um importante veio de criação, presente em Garrett desde muito cedo; em contacto com manuscritos inéditos do escritor, Ofélia Paiva Monteiro pôde observar diversos esboços novelísticos empreendidos desde muito cedo: "Comprovam-no (...) uma série de abortadas tentativas de romances, conservadas nos papéis do seu espólio, tentativas que, por vezes, não foram além de escassas páginas de texto, se não apenas do sumário apontamento dum esquema de intriga"([18]).

Só que, num contexto cultural cada vez mais orientado para a literatura de temática histórica([19]), Garrett escapa, mesmo por razões de índole ideológica, a esse passadismo dessorado. E se *O Arco de Santana* pode aparecer exteriormente como um romance histórico, a verdade é que ele corresponde a um projecto cultural de crítica dos males presentes. A história é conhecida: no tempo do rei

---

([17]) "Introdução" ao *Romanceiro*, *Obras de Almeida Garrett*, vol. 2, p. 682.

([18]) "Algumas reflexões sobre a novelística de Garrett", in *Colóquio/Letras*, 30, 1976, p. 13; a mesma estudiosa remete para dois outros trabalhos de sua autoria em que a questão em apreço é desenvolvida: *Viajando com Garrett pelo Vale de Santarém. Alguns elementos para a história inédita da novela de Carlos e Joaninha*, separ. de *Actas do V Colóquio Internacional de Estudos Luso-Brasileiros*, Coimbra, 1966, vol. IV; *A formação de Almeida Garrett. Experiência e criação*, ed. cit., 2.º vol., pp. 302-339.

([19]) Cf. Castelo Branco Chaves, *O romance histórico no Romantismo português*, Lisboa, Inst. de Cultura Portuguesa (col. "Biblioteca Breve"), 1979.

D. Pedro e no cenário da revolta popular contra a tirania do bispo do Porto, desenrola-se a relação amorosa de Vasco com Gertrudes e a descoberta, por aquele, de que é, afinal, filho do prelado tirano, por fim castigado pelo rei justiceiro. Se é certo que Garrett começou a escrever o romance quando se encontrava sitiado no cerco do Porto, a verdade é que ele revitaliza e redimensiona a história mais tarde, quando a tirania dos Cabrais convida a uma crítica enviesada (mas ainda assim muito evidente) de uma situação política e social que o escritor repudia [20].

De temática e motivação bastante diversa, as *Viagens na minha terra* vão constituir, no ambiente cultural do nosso Romantismo, uma obra de excepção, a vários títulos. Antes de mais, porque o sentido de actualidade que caracteriza *O Arco de Santana* assume-se agora de forma explícita e consequente: pode mesmo dizer-se que a génese das *Viagens* tem que ver com motivos de ordem política, directamente conexionados com as relações de amizade e solidariedade que o escritor mantinha com Passos Manuel, chefe da facção setembrista do Liberalismo português. Empreendendo uma viagem a Santarém a convite do amigo, Garrett encontra nessa viagem o imediato pretexto para redigir e publicar uma obra com toda a aparência exterior de ter sido escrita ao correr da pena e da inspiração do momento, mas realmente sujeita a árdua elaboração [21]; assim se afirmava um mito tipicamente garrettiano, no dizer de Jacinto do Prado Coelho: "o do homem natural, espontâneo". E acrescenta aquele estudioso: "A estética da criação espontânea, apregoada em 1825 no prefácio do *Camões* (...), é a mesma que o autor inculca, vinte anos depois, nas *Viagens na Minha Terra*: 'Isto pensava, isto escrevo: isto tinha na alma, isto sai no papel: que doutro modo não sei escrever'. Aqui, todavia, sob a pose romântica,

---

[20] A nota "Ao leitor benévolo" que Garrett escreveu para a primeira edição revela bem o intuito crítico que inspirou a publicação do romance e a sua oportunidade, em 1845: "Há doze anos, há dez, há cinco, há três, era inconveniente, era impolítico, não era generoso — que é pior — recordar a memória de D. Pedro-o--Cru açoitando por suas mãos um mau bispo. / De repente, em dois anos, a oligarquia eclesiástica levantou a cabeça. (...) Hoje não é já só conveniente; é necessária a recordação daquele severo exemplo da crua justiça real" (*Obras de Almeida Garrett*, vol. 1, p. 220).

[21] De novo aqui, ocorre mencionar a importância do prefácio da *Lírica de João Mínimo:* escrito em 1828, nele encontram-se embrionariamente temas e estratégias literárias que as *Viagens* desenvolverão: a viagem como motivação do relato, a reflexão sobre a linguagem, a digressão como processo crítico, a análise de questões atinentes à problemática da criação literária e das modas que a dominam, etc.

esconde-se o lúcido bom-gosto de Garrett, de consciência artística tão apurada"([22]).

Ao lúcido bom gosto outros elementos se acrescentam, desembocando na complexa e multifacetada obra que teremos oportunidade de estudar. Registe-se, apenas por agora, que as circunstâncias de publicação do texto garrettiano parecem revelar alguma dificuldade de aceitação por parte do público e talvez mesmo junto do prudente director da *Revista Universal Lisbonense*, António Feliciano de Castilho; tendo iniciado o seu aparecimento nas páginas daquela revista, em 1843, as *Viagens* são interrompidas em Dezembro desse ano e só retomadas, na totalidade, de Junho de 1845 a 1846, aparecendo em livro neste último ano.

Pela complexidade da sua estrutura narrativa e pela ousadia de muitas afirmações de recorte ideológico, pelo eclectismo que ao nível dos géneros evidenciam e pela diversidade de áreas temáticas que visam, mesmo pela desenvoltura revelada nas interpelações ao leitor e à leitora, desenvoltura talvez excessiva para os hábitos de consumo cultural da época, por todas estas razões ou só por algumas delas, pode dizer-se que as *Viagens na minha terra* eram, de facto, uma obra excêntrica e desajustada das expectativas de leitura do público da época. Uma obra que requeria decerto procedimentos receptivos diferentes dos que eram reservados a *O Bobo* ou ao *Eurico* de Herculano, aos romances de Walter Scott ou Victor Hugo, bem como aos extensos e populares relatos de Anna Radcliffe ou do Visconde d'Arlincourt. Vale a pena, por isso, analisar com demora alguns dos aspectos mencionados e tentar religar, a partir dessa análise, os vários componentes de uma obra aparentemente desconexa, mas realmente dotada de uma muito tensa coesão orgânica; e vale a pena também reconhecer, projectada no discurso do narrador, a multiforme e diversificada autoridade cultural que no prólogo das *Viagens* se atribui ao autor, em palavras talvez da responsabilidade do próprio (e imodesto) Garrett:

> Orador e poeta, historiador e filósofo, crítico e artista, jurisconsulto e administrador, erudito e homem de Estado, religioso cultor da sua língua e falando correctamente as estranhas — educado na pureza clássica da antiguidade, e versado depois em todas as outras literaturas — da Meia-Idade, da renascença e contemporânea — o autor das *Viagens na Minha Terra* é

([22]) J. do Prado Coelho, "Garrett e os seus mitos", loc. cit., p. 155-156. Sobre a génese e escrita das Viagens veja-se também Ofélia P. Monteiro, *Viajando com Garrett pelo Vale de Santarém*, loc. cit., pp. 5 ss.

igualmente familiar com Homero e com Dante, com Platão e com Rousseau, com Tucídides e com Thiers, com Guizot e com Xenofonte, com Horácio e com Lamartine, com Maquiavel e com Chateaubriand, com Shakespeare e Eurípides, com Camões e Calderon, com Goethe e Virgílio, Schiller e Sá de Miranda, Sterne e Cervantes, Fénelon e Vieira, Rabelais e Gil Vicente, Addison e Bayle, Kant e Voltaire, Herder e Smith, Bentham e Cormenin, com os Enciclopedistas e com os Santos Padres, com a Bíblia e com as tradições sânscritas, com tudo o que a arte e ciência antiga, com tudo o que a arte enfim e a ciência moderna têm produzido. Vê-se isto dos seus escritos, e especialmente se vê deste que agora publicamos apesar de composto bem claramente ao correr da pena [23].

---

[23] "Prólogo da primeira edição" das *Viagens na minha terra*, Lisboa, Ed. Estampa, 1983, p. 78.

QUADRO SINÓPTICO (1799-1854)

Ano	Hist.lit. de A. Garrett	Literat. portuguesa	Cultura e História de Portugal	História Universal, Cultura e Civilização
1799	Nasce Garrett	Bocage: *Rimas* (2.º)		Nasce Balzac
1800		Nasce Castilho	*De la Littérature*	Mme. de Staël: *De la Littérature* União Irlanda-G. Bretanha
1801		N. Tolentino: *Obras poéticas*	Perda de Olivença Nasce Passos Manuel	Chateaubriand: *Atala*
1802		Cruz e Silva: *O Hissope* (ed. póstuma)	Chateaubriand: *Le génie*	*du Christianisme* Nasce V. Hugo
1803		Curvo Semedo: *Composições poéticas*	Nasce Costa Cabral	Locomotiva a vapor
1804		Bocage: *Rimas* (3.º)	Neutralidade de Portugal na guerra anglo-francesa	É. Senancour: *Oberman* Guerra anglo-francesa
1805		Morre Bocage		Vitória inglesa em Trafalgar
1806			Nasce o duque de Ávila	Bloqueio continental decret. por Napoleão
1807		Cruz e Silva: *Poesias*	1.ª Invas. Francesa Partida de D. João VI	Hegel: *Fenomenologia do Espírito*
1808			Chegada do rei ao Brasil Chegada do exérc. inglês Convenção de Sintra	Nasce Nerval

Ano	Hist.lit. de A. Garrett	Literat. portuguesa	Cultura e História de Portugal	História Universal, Cultura e Civilização
1809	Partida para a Terceira			Chateaubriand: *Les Martyrs*
1810	Formação	Nasce A. Herculano Morre T. A. Gonzaga	2.ª Invas. Francesa *Diário Lisbonense*	Mme. de Staël: *De l'Allemagne* Nasce Musset
1811		J. Agostinho de Macedo: *Gama* e *Motim literário* Bocage: *Obras completas*	3.ª Invas. Franc. Batalha do Buçaco	Nasce Th. Gautier
1812		J. A. de Macedo: *Os burros*	Retirada de Massena Jornal liberal *O Português* (Londres)	Campanhas napoleónicas: Rússia Espanha: Constituição de Cadiz L. Byron: *Childe Harold*
1813			S. P. Ferreira: *Prel. filosóf.*	
1814		*J. A. de Macedo: O Oriente*	Jornal liberal *O Investigador português* (Londres)	Napoleão abdica Congresso de Viena W. Scott: *Waverley*
1815	Primeiros versos			Regresso e derrota de Napoleão (Waterloo) Santa Aliança
1816	Matrícula na Univ. de Coimbra		Morre D. Maria I D. João VI rei	B. Constant: *Adolphe*
1817		F. Elísio: *Obras completas*	Conspiração de G. Freire de Andrade Execução de G. F. Andrade	Lamennais: *Essai sur l'indifférence en matière de religion*

23

Ano	Hist.lit. de A. Garrett	Literat. portuguesa	Cultura e História de Portugal	História Universal, Cultura e Civilização
1818		Nasce Mendes Leal		Nasce L. de Lisle
1819	*Lucrécia*	Morre F. Elísio Nasce J. de Lemos	Nasce D. Maria II	Travessia do Atlântico a vapor W. Scott: *Ivanhoe*
1820			Revol. liberal (Porto) Eleições para Cortes Vintismo	Triunfo do Liberalismo em Espanha Lamartine: *Méditat. poétiques*
1821	*O Retrato de Vénus*	Castilho: *Cartas de Eco e Narciso*	Regresso de D. João VI	Morre de Napoleão Nasce Baudelaire
1822	*Catão* Casamento com Luísa Midosi	Castilho: *A Primavera*	Constituição de 1822 Independência do Brasil	V. Hugo: *Odes* Stendhal: *De l'amour* Independência do Brasil
1823	Exílio: Inglaterra		Vilafrancada: restauração absolutista Emigração liberal	Restauração absolutista em Espanha Beethoven: Nona sinfonia
1824			Abrilada Exílio de D. Miguel D. Sequeira: "A morte de Camões"	Morre L. Byron
1825	*Camões*	Nasce Camilo	Reconhecimento da independ. do Brasil	Primeiros escritos de Comte
1826	*Dona Branca* Regresso a Portugal	Nascem A. P. Lopes de Mendonça e Soares de Passos	Morre D. João VI D. Pedro outorga a Carta constitucional	Vigny: *Poèmes antiques et modernes* e *Cinq-Mars* V. Hugo: *Odes et ballades*

Ano	Hist.lit. de A. Garrett	Literat. portuguesa	Cultura e História de Portugal	História Universal, Cultura e Civilização
1827		Nasce Gomes de Amorim J. Agostinho de Macedo: *Os Burros*	Agitação anti-liberal	V. Hugo: Prefácio de *Cromwell*
1828	*Adozinda* Segundo exílio: Inglaterra	Castilho: *Amor e Melancolia*	Regresso de D. Miguel Reacção anti-liberal Emigração liberal	Nasce H. Taine
1829	*Lírica de João Mínimo*		Reconhecimento de D. Miguel como rei Revolta liberal (Terceira)	V. Hugo: *Orientales*
1830	*Portugal na Balança da Europa*	Nasce J. de Deus	Morre D. Carlota Joaquina	Batalha de *Hernani* (V. Hugo) França: Revol. liberal (L. Filipe) Comte: *Cours de phil. positive* Stendhal: *Le rouge et le noir* Lamartine: *Harmonies poét. et rélig.*
1831		Nasce T. Ribeiro Morre J. A. de Macedo Exílio de Herculano	D. Pedro parte do Brasil	D. Pedro abdica: D. Pedro II (Brasil) A. Dumas: *Antôny* V. Hugo: *Notre-Dame de Paris*

Ano	Hist. lit. de A. Garrett	Literat. portuguesa	Cultura e História de Portugal	História Universal, Cultura e Civilização
1832	Participação na expedição liberal Cerco do Porto		Expedição liberal (Terceira) Desembarque do Mindelo Cerco do Porto	Morre W. Scott Balzac: *Le colonel Chabert* Independência da Grécia
1833	Cerco do Porto: gênese d'*O Arco de Santana*		Expedição do Duque da Terceira (sul) Ocupação de Lisboa pelos liberais	Balzac: *Eugénie Grandet*
1834	Cônsul-geral da Bélgica		Vitórias liberais: Almoster e Asseiceira Convenção de Év. Monte Morre D. Pedro IV	Lamennais: *Paroles d'un croyant* Balzac: *Le père Goriot* Musset: *Lorenzaccio*
1835			Abolição da escravatura Curso Superior de Instrução pública	Agência Havas Balzac: *Le Lys dans la Vallée* Vigny: *Chatterton* Hugo: *Les chants du crépuscule*
1836	Adesão à Revol. de Setembro Separação de Luísa Midosi Ligação c/ Adel. Pastor	Herculano: *A voz do profeta* Nasce R. Ortigão Castilho: *A noite do Castelo; Os ciúmes do bardo*	Revolução de Setembro Constituição Conservatório de Arte Dramática Belenzada	Lamartine: *Jocelyn*
1837	Deputado pela Terceira		*O Panorama* Rev. Univ. Lisbonense Revolta dos Marechais Esc. Politécn. de Lisboa	Carlyle: *A Revolução Francesa* Hugo: *Les voix intérieures* Balzac: *Illusions perdues*

Ano	Hist.lit. de A. Garrett	Literat. portuguesa	Cultura e História de Portugal	História Universal, Cultura e Civilização
1838	*Um Auto de Gil Vicente*	Herculano: *A harpa do crente*	Nova Constituição	C. Dickens: *Oliver Twist* Hugo: *Ruy Blas*
1839		Nasce J. Dinis Morre a Marq. de Alorna	Jornal *Revolução de Setembro*	Stendhal: *La chartreuse de Parme*
1840	*D. Filipa de Vilhena* Demissão de cargos públicos	Nasce G. de Azevedo	Projectos de C. de ferro	Proudhon: *Qu'est-ce que la propriété?* Hugo: *Les rayons et les ombres*
1841	Morre Adelaide Pastor *Mérope*			
1842	*O Alfageme de Santarém* Oposição ao Cabralismo	Nascem Antero e P. Chagas	Ditadura de C. Cabral Restauração da Carta Constitucional	E. Sue: *Les mystères de Paris*
1843	*Viagens na minha terra* *Frei Luís de Sousa* *Romanceiro* (1.°)	Herculano: *O Bobo* Nasce T. Braga		S. Mill: *Lógica* Itália: *Risorgimento* Telégrafo eléctrico
1844		Herculano: *Eurico* Jornal *O Trovador* M. Alorna: *Obras poéticas*	Levantamento anti-cabralista fracassado	A. Dumas: *Les trois mosquetaires* e *Le comte de Monte-Cristo*
1845	*Viagens*: reed. R. U. L. *O Arco de Santana* (1.°) *Flores sem fruto*	Nascem Eça e Oliv. Martins J. de Lemos: *Poesias*		E. Poe: *O Corvo*

Ano	Hist.lit. de A. Garrett	Literat. portuguesa	Cultura e História de Portugal	História Universal, Cultura e Civilização
1846	*Viagens* (cont.) *Viagens* (livro)	Herculano: *História de Portugal* (I)	Revolta da M. da Fonte Guerra civil Teatro D. Maria II	Pio IX papa Proudhon: *Miséria da Filosofia* Balzac: *La cousine Bette*
1847		Herculano: *História de Portugal* (II)	Patuleia: intervenção inglesa e espanhola Conv. de Gramido	Michelet: *Histoire de la Révolution*
1848	*A sobrinha do Marquês*	Herculano: *O Monge de Cister*. A. P. L. Mendonça: *Memórias de um doido*		Marx/Engels: *Manifesto comunista* França: 2.ª República Revoluções: Alemanha, Áustria, Hungria Chateaubriand: *Mémoires d'outre-tombe*
1849		Colectânea *Lira da Mocidade*	C. Cabral presidente do Conselho Cabralismo moderado	Vigny: *Les destinées* Lamartine: *Raphael*
1850	*O Arco de Santana* (2.º)	B. Pato: *Poesias* Nasce G. Junqueiro	Morre o Duque de Palmela Jornal *Eco dos Operários*	Morre Balzac Courbet: *L'enterrement à Ornans*
1851		Jornal *O Novo Trovador* Camilo: *Anátema*	Golpe de Saldanha Regeneração Fontismo	Comte: *Système de Phil. Positive* França: Golpe de L. Napoleão Nerval: *Voyage en Orient*

Ano	Hist.lit. de A. Garrett	Literat. portuguesa	Cultura e História de Portugal	História Universal, Cultura e Civilização
1852	Ministro dos Neg. Estrangeiros Título de Visconde	Colectânea *O Bardo*	Acto Adicional à Carta Constitucional	T. Gautier: *Émaux et camées* L. de Lisle: *Poèmes antiques* Dumas Filho: *La dame aux camélias*
1853	*Folhas caídas* *Romanceiro* (2.º e 3.º)		Morre D. Maria II Regência de D. Fernando	V. Hugo: *Les Châtiments*
1854	Morre Garrett	Camilo: *Os mistérios de Lisboa* Mendes Leal: *Os homens de Mármore*		Guerra da Crimeia Nerval: *Les filles du feu e Les Chimères*

1. ESTRUTURA DA NARRATIVA

Logo no início do capítulo I das *Viagens na minha terra*, o narrador declara:

> Eu muitas vezes, nestas sufocadas noites de Estio, viajo até à minha janela para ver uma nesguita de Tejo que está no fim da rua, e me enganar com uns verdes de árvores que ali vegetam sua laboriosa infância nos entulhos do Cais do Sodré. E nunca escrevi estas minhas viagens nem as suas impressões: pois tinham muito que ver! Foi sempre ambiciosa a minha pena: pobre e soberba, quer assunto mais largo. Pois hei-de dar-lho. Vou nada menos que a Santarém: e protesto que de quanto ouvir e ouvir, de quanto eu pensar e sentir se há-de fazer crónica (pp. 83-84).(¹)

Trata-se, à primeira vista, de um projecto extremamente simples, capaz de resultar num relato que será tão linear como esse projecto. Não é isso, no entanto, o que vem a acontecer. Com efeito, as *Viagens* são uma narrativa de arquitectura relativamente complexa, sobretudo pela instituição de diferentes níveis narrativos que estabelecem entre si relações por vezes muito sinuosas. Além disso, a própria comunicação narrativa que o narrador projecta ("de quanto vir e ouvir, de quanto eu pensar e sentir se há-de fazer crónica"), essa comunicação narrativa, dizíamos, desenvolve-se em variados registos, para além daquele que em primeira instância será dominante: o do relato de viagem.

1.1. Níveis narrativos

A determinação e descrição dos níveis narrativos das *Viagens* requer prévias clarificações teóricas. No presente contexto, reveste-se de especial interesse a concepção que, entendendo o texto narrativo como entidade estruturada e podendo comportar vários estra-

---

(¹) A partir de agora todas as citações referir-se-ão à edição das *Viagens na minha terra* que reproduz o texto da primeira edição, com introdução e notas de Augusto da Costa Dias (Lisboa, Ed. Estampa, 1983).

tos, encara esses estratos como **níveis autónomos.** Quando numa narrativa uma personagem relata uma história a outra ou outras personagens, esse relato dentro do relato configura um segundo nível, como que"encaixado" no primeiro; e se, hipoteticamente, nesse segundo nível se encontrar um novo relato, constitui-se um terceiro nível narrativo, formalmente dependente do segundo. Um exemplo: quando, n'*Os Lusíadas*, o narrador dá a palavra a Vasco da Gama, para que este conte ao Rei de Melinde a História de Portugal (cantos III, IV e V), esse relato corresponde ao nível narrativo segundo já mencionado; e em certa altura, dentro dele, abre-se ainda um terceiro nível: quando, no canto V, Adamastor faz a profecia dos desastres que as águas que o rodeiam hão-de testemunhar, como punição do atrevimento dos navegantes.

Esquematicamente pode representar-se esta complexa articulação do seguinte modo:

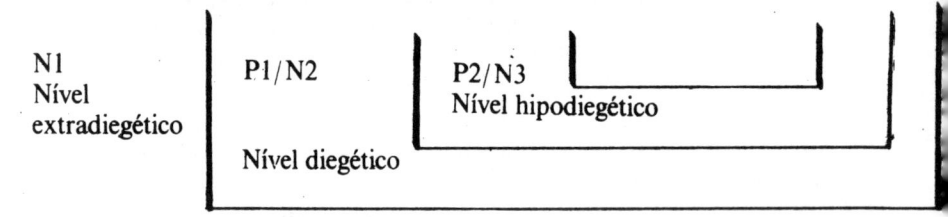

N1
Nível
extradiegético

P1/N2

Nível diegético

P2/N3
Nível hipodiegético

A entidade designada como N1 será o narrador do **nível extradiegético,** quer dizer, aquele que se encontra num plano exterior à história, tal como nós, leitores, nos encontramos; P1 será uma personagem do **nível diegético** (p. ex., Vasco da Gama) ocasionalmente feito narrador desse mesmo nível diegético; a partir do seu relato desdobra-se um **nível hipodiegético** (n'*Os Lusíadas*, a História de Portugal), no interior do qual se encontram personagens, acções, etc. Adamastor é uma dessas personagens, momentaneamente feito narrador no nível hipodiegético, quando toma a palavra e elabora o seu relato ([2]).

([2]) A descrição sistemática dos níveis narrativos, tal como aqui a adoptamos, foi proposta por G. Genette (cf. *Figures III*, Paris, Éd. du Seuil, 1972, pp. 238-241) e retomada pelo mesmo autor em *Nouveau discours du récit*, Paris, Éd. du Seuil, 1983, pp. 55 ss. Entretanto, certos aspectos da teoria genettiana foram sujeitos a uma análise crítica que levou a substituir a designação inicial de *nível metadiegético* por *nível hipodiegético* (cf. M. Bal, *Narratologie*, Paris, Klincksieck, 1977, pp. 35 e 44-46). Sobre este assunto veja-se C. Reis e Ana Cristina M. Lopes, *Dicionário de narratologia*, Coimbra, Liv. Almedina, 1987, pp. 288-292.

Grandes obras da Literatura universal, em lugares e tempos culturais muito distantes, constróiem-se pela articulação de níveis narrativos autónomos, entre os quais se estabelecem relações de vária ordem. Das *Mil e uma noites* à *Ilustre Casa de Ramires* de Eça, passando pel'*Os Lusíadas*, pelo *Dom Quixote* de Cervantes e pelas *Viagens na minha terra* de Garrett, é ao princípio da pluralidade de níveis narrativos que obedece a estruturação da narrativa.

É possível localizar nas *Viagens* três níveis narrativos distintos, para além do nível extradiegético a partir do qual se supõe que o narrador enuncia o relato. O **nível diegético** é o da viagem propriamente dita, aquele em que de imediato se vai cumprindo o projecto de "crónica" anunciado pelo narrador. Trata-se, pois, de um percurso seguido por um viajante e pelos seus companheiros de jornada, percurso bem balizado, do ponto de vista temporal e espacial, pelo narrador: em termos temporais, ao afirmar que "são 17 deste mês de Julho, ano da graça de 1843, uma segunda-feira, dia sem nota e de boa estreia" (p. 84), o narrador estabelece o limite inicial de um tempo diegético que durará pouco menos de uma semana, sensivelmente de segunda a sábado, tempo de decurso da viagem; em termos espaciais, fica também bem claro, desde o parágrafo anteriormente citado, que os marcos fundamentais da viagem serão Lisboa e Santarém, com regresso a Lisboa e com uma dupla paragem no Vale de Santarém. E já aqui a viagem começa a revelar-se algo mais do que um simples trajecto geográfico: é que o narrador segue até certo ponto o exemplo de Xavier de Maistre, mencionado logo no primeiro parágrafo, depois de ter sido citado nesse lugar estratégico que é a epígrafe ([3]), mas tende a superar esse exemplo, indo mais longe e reflectindo em profundidade. A "circularidade" da viagem exemplar de X. de Maistre (autor de *Voyage autour de ma chambre*) cumpre-se também, mas de forma mais alargada: porque ir a Santarém e regressar ao ponto de partida será levar a cabo um movimento circular, todavia muito mais amplo do que o permitido pelo espaço apertado de um quarto, assim se conferindo

---

([3]) O curto texto que normalmente constitui a *epígrafe* reveste-se de especial significado quando se trata de citação de um autor de reconhecida autoridade cultural; por isso, pode afirmar-se que esse breve texto que antecede a narrativa (ou o capítulo, ou uma das partes da obra) traduz normalmente uma palavra autoritária, capaz de validar previamente o texto que se lhe segue, com o qual detém quase sempre afinidades temáticas e ideológicas.

uma outra dimensão às alusões simbólicas que a circularidade pode sugerir (acabamento, perfeição, completude). Os lugares da viagem, o tempo que demora, as personagens-viajantes que a empreendem, os incidentes de percurso, constituem, pois, os componentes fundamentais do nível diegético.

Um dos eventos mais importantes da viagem será a passagem pelo Vale de Santarém, relatada no capítulo X, e a contemplação de uma casa que desperta a curiosidade e estimula a imaginação do narrador. É justamente essa curiosidade que um dos companheiros de jornada se encarregará de satisfazer, instituindo-se como narrador do nível diegético e contando a história da "Menina dos Rouxinóis" aos seus companheiros de viagem (incluindo o narrador principal), assim momentaneamente narratários ([4]). Carlos, Joaninha, Fr. Dinis, a avó de Carlos e Joaninha, os conflitos entre Carlos e Fr. Dinis, o reencontro de Carlos com Joaninha, a revelação da identidade do pai de Carlos, integram, pois, esse **nível hipodiegético**, como que embutido no nível diegético.

Já no final da viagem, o narrador-viajante, ao passar de novo no Vale de Santarém, lê uma carta que Carlos escrevera a Joaninha, carta em tom autobiográfico que virá a ser uma espécie de epílogo para a novela da "Menina dos Rouxinóis"; abre-se deste modo um terceiro nível narrativo a que poderá chamar-se, com algum excesso terminológico, **nível hipo-hipodiegético**. Trata-se, com efeito, de um novo relato, endereçado a Joaninha ([5]) e formalmente dependente de Carlos, personagem (feita narrador-epistológrafo) do nível hipodiegético, de cuja narração decorre esse terceiro nível: a vida agitada de Carlos, as suas tentativas amorosas, o seu

---

([4]) Designação hoje consagrada pela narratologia, o termo *narratário* refere-se ao destinatário imediato do relato, entidade fictícia a não confundir com o *leitor*, tal como o *narrador* não se confunde com o *autor real* — embora, naturalmente, possa deter relações estreitas com ele. A consolidação, no plano teórico, do termo e do conceito de *narratário* deve-se sobretudo a diversos trabalhos de G. Prince (cf. "On readers and listeners in narrative", in *Neophilologus*, vol. LV, 2, 1971, pp. 117-122; "Notes toward a categorization of fictional 'narratees'", in *Genre*, IV, 1, 1971, pp. 100-106; "Introduction à l'étude du narrataire", in *Poétique*, 14, 1973, pp. 178-196; *Narratology*, Berlin-New York-Amsterdam, Mouton, 1982, pp. 16-26. Para uma síntese teórica, veja-se C. Reis e A. Cristina M. Lopes, *op. cit.*, pp. 259-262.

([5]) Com efeito, Joaninha é o destinatário/narratário desse relato concebido e escrito precisamente para ela e de que ela terá sido o primeiro receptor. Lendo essa carta, o narrador-viajante constitui um receptor casual e de certo modo intrusivo.

exílio em Inglaterra, são os mais relevantes conteúdos diegéticos deste derradeiro nível narrativo das *Viagens*. Esquematicamente e com um grau de simplificação que trataremos de matizar, descrever-se-á assim a estrutura narrativa das *Viagens*:

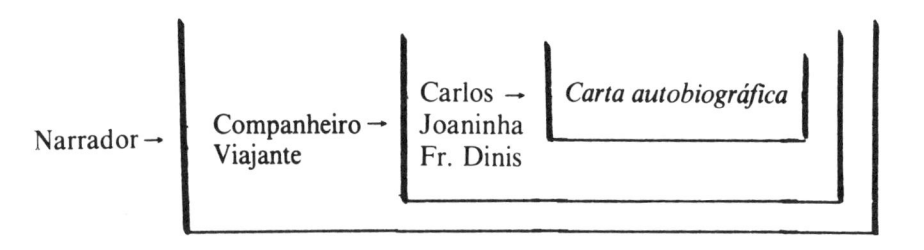

Narrador → Companheiro Viajante → Carlos → *Carta autobiográfica* / Joaninha / Fr. Dinis

A necessidade de comentar esta estrutura narrativa é desde logo imposta pelo facto de a situação não ser assim tão simples. Vejamos: antes de mais, a novela não aparece narrada de seguida, como no esquema se representa, mas de forma fragmentada; mas além disso, aquele salto do nível diegético para o nível hipodiegético não é tão abrupto como aparenta. E é isto que é preciso ter em conta, uma vez que a reelaboração a que procede o narrador não é inocente nem destituída de importantes consequências.

Recorde-se o momento em que o narrador anuncia o início da novela da "Menina dos Rouxinóis":

> É o primeiro episódio da minha Odisseia: estou com medo de entrar nele porque dizem as damas e os elegantes da nossa terra que o português não é bom para isto, que em francês que há outro não sei quê...
> Eu creio que as damas que estão mal informadas, e sei que os elegantes que são uns tolos; mas sempre tenho meu receio, porque enfim, enfim, deles me rio eu, mas poesia ou romance, música ou drama de que as mulheres não gostem, é porque não presta.
> Ainda assim, belas e amáveis leitoras, entendamo-nos: o que eu vou contar não é um romance, não tem aventuras enredadas, peripécias, situações e incidentes raros; é uma história simples e singela, sinceramente contada e sem pretensão (pp. 135-136).

Deixemos por agora o tom desenvolto e levemente irónico que no último parágrafo se observa e fixemo-nos no que agora importa. Anunciando "a história da menina dos rouxinóis como ela se contou", o narrador parece fazer uma profissão de fé na palavra do seu companheiro de viagem, narrador efectivo da novela; ao acrescentar, no entanto, que este "é o primeiro episódio da minha Odisseia", o narrador insinua o que, de facto, vai verificar-se: o apropriar-se de um relato alheio, procedendo à sua reformulação em **discurso narrativizado** ([6]) e "desvanecendo" assim esse nível narrativo segundo. Trata-se, pois, de uma redução do hipodiegético ao diegético, quer dizer, de uma incorporação no **nível narrativo primeiro** (diegético) daquilo que se encontrava num **nível narrativo segundo** (hipodiegético). Assim se economiza um nível narrativo, por razões que importa explicar.

Ao integrar a novela sentimental no nível narrativo que domina (o diegético), o narrador desde logo assegura o controlo também dessa novela: em complemento das inúmeras digressões que vai explanando, o narrador fica em condições de comentar, como e quando entender, a história de Carlos e Joaninha, extraindo dela ilações de teor crítico e ideológico ([7]); o que não seria em princípio possível se o narrador respeitasse a palavra do tal companheiro de viagem que contou a novela. Esta atitude de apropriação relaciona-se ainda com a apresentação fragmentada da novela: determinada também pela estratégia folhetinesca que domina as *Viagens*, essa fragmentação cria vários momentos de articulação entre o **nível da viagem** e o da **novela**; assim, quando se retoma a novela ou quando se reinicia o relato da viagem, é possível pôr em paralelo eventos, personagens e espaços de uma e de outra, explorando-se devidamente o que desse confronto resulta: coincidência, contraste, prolongamentos no presente, etc. Mas a integração do hipodiegético no diegético é importante sobretudo por outra

---

([6]) O *discurso narrativizado* é aquele em que um narrador, em vez de citar (em discurso directo) ou transpor (para discurso indirecto) as palavras de uma personagem, opta pela sua reapresentação, isto é, pela reelaboração de um discurso alheio, o que naturalmente implica um grau relativamente elevado de intervenção (distorções, supressões, etc.) junto desse discurso alheio (cf. G. Genette, *Figures III*, ed. cit., pp. 190-191).

([7]) É o que ocorre entre os caps. XII e XIV, com a reflexão sobre o frade e o barão, que interrompe o relato e ocupa praticamente todo o cap. XIII; ou no importante cap. XXIV, em que a digressão sobre o Adão natural e o Adão social antecede a alusão às dúvidas e incertezas de Carlos; ou ainda no início do cap. XXIII: antes de se referir a uma resolução tomada por Carlos, o narrador comenta: "Não há nada como tomar uma resolução. // Mas há-de tomar-se e executar-se: aliás, se o caso é difícil e complicado, pouco a pouco as dúvidas solvidas começam a enlear-se outra vez, a enredar-se..." (p. 206)

razão: é que, deste modo, o narrador tende a quebrar a fronteira entre os dois níveis narrativos, fronteira que poderia obliterar as efectivas conexões que vão instituir-se entre os dois níveis. Assim, tal como o pinhal de Azambuja, o café do Cartaxo ou os monumentos de Santarém, a intriga e as personagens da novela serão dimensionadas não como elementos estranhos à viagem, mas como mais um dos seus eventos, decerto o mais importante, contribuindo para reforçar o intuito discretamente didáctico e persuasivo que o narrador incute ao seu discurso.

Que assim é, mostra-o o final da obra, quando o narrador encontra Fr. Dinis e a avó de Joaninha, no regresso pelo Vale de Santarém. Através desse reencontro concretiza-se um procedimento narrativo a que em narratologia se chama **metalepse;** trata-se de fazer passar um elemento em princípio pertencente a um nível narrativo para outro nível narrativo: assim, Fr. Dinis e D. Francisca, que apareciam inicialmente como personagens da novela (nível hipodiegético), acabam por desembocar na viagem (nível diegético):

> Apenas passei as árvores, um espectáculo inesperado, uma evocação como de encanto me veio ferir os olhos.
> No mesmo sítio, do mesmo modo, com os mesmos trajos e na mesma atitude em que a descrevi nos primeiros capítulos desta história, estava a nossa velha irmã Francisca...
> Ela era, e não podia ser outra, sentada na sua antiga cadeira, dobando, como Penélope tecia, sua interminável meada. Não havia outra diferença agora senão que a dobadoira não parava, e que o fio seguia, seguia, enrolando-se contínuo e compassado no novelo; que os braços da velha lidavam lentamente mas sem cessar no seu movimento de autómato que fazia mal ver.
> Defronte dela, sentado numa pedra, a cabeça baixa, e os olhos fixos num grosso livro velho, que sustinha nos joelhos, estava um homem seco e magro, descarnado como um esqueleto, lívido como um cadáver, imóvel como uma estátua. Trajava um non-descriptum negro, que podia ser sotaina de clérigo ou túnica de frade, mas descingida, solta e pendente em grossas e largas pregas do extenuado pescoço do homem.
> Também não podia ser senão Frei Dinis. (p. 309-310).

Pode, assim, propor-se uma nova configuração do diagrama que representa a estrutura das *Viagens*, mais aproximada agora do que nessa estrutura multistratificada se observa:

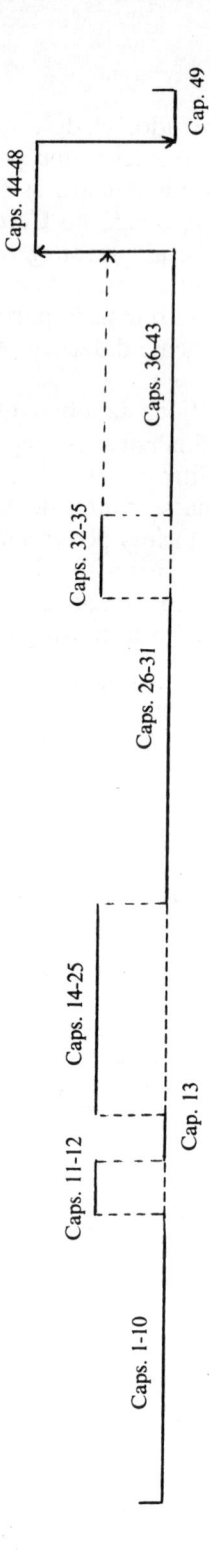

Caps. 1-10, 13, 26-31, 36-43 e 49: Viagem (nível diegético)
Caps. 11-12, 14-25 e 32-35: Novela (nível hipodiegético)
Caps. 44-48: Carta (nível hipo-hipodiegético)

Deste modo, o relato da viagem (incluindo, naturalmente, as digressões, os comentários críticos, etc.) distribui-se por cerca de trinta capítulos, a novela ocupa aproximadamente catorze capítulos e a carta cinco capítulos. Sendo esta enunciada directamente por Carlos, a sua leitura/transcrição interrompe totalmente o relato da viagem; por seu lado, a novela, sendo reenunciada pelo narrador e integrada no nível diegético, não interrompe por inteiro o relato da viagem, que pode ser retomado a qualquer momento.

Confirma-se deste modo o que antes se dizia: definitivamente, a novela, os seus incidentes e agora sobretudo as conclusões que ela permite (conclusões deduzidas sobretudo da leitura, pelo narrador, da carta de Carlos a Joaninha), vêm convergir no relato da viagem; chegado o seu final, tudo se harmoniza e o que parecia um relato fragmentário ao sabor das circunstâncias, revela-se afinal uma peça importante do todo orgânico que é a narrativa na sua totalidade. E é sobretudo a possibilidade de, em função do desenlace e epílogo da novela, podermos atingir ilações de recorte histórico e ideológico, é essa possibilidade que confere às *Viagens* o vigor e a coerência semântica de uma obra literária em todos os sentidos acabada.

1.2. Comunicação narrativa

Do que ficou escrito pode desde já inferir-se que nas *Viagens* não se encontra uma única e linear instância de comunicação narrativa; além da que, de facto, é dominante (a que é em princípio motivada pelo relato da viagem), é possível, pelo menos, localizar outras duas: a que é instituída por esse companheiro de viagem que conta a história de Carlos e Joaninha (instância que já sabemos ser objecto de "apropriação" por parte do narrador primeiro) e a que se traduz na carta de Carlos (narrador nessa circunstância) a Joaninha (narratário).

Importa, entretanto, analisar com alguma demora os termos em que se desenrola a comunicação narrativa de primeira instância que domina a obra, e o perfil dos seus protagonistas. E esse perfil não pode ser esboçado com segurança se não tivermos em conta as circunstâncias folhetinescas que presidiram á construção e à publicação das *Viagens*.

Fala-se aqui em **folhetinesco** numa acepção que não é forçosamente depreciativa([8]). Publicadas em sucessivos números da *Revista Universal Lisbonense*, as *Viagens* tiveram que cumprir os requisitos que no séc. XIX (mas não só então) se exigiam ao **folhetim narrativo:** divulgação fragmentada de um relato extenso, gestão calculada dos factos relatados, no sentido de cativar o interesse e a curiosidade do público. São as dominantes enunciadas que o narrador respeita, quando declara: "Acabemos aqui o capítulo em forma de prólogo, e a matéria do meu conto para o seguinte" (p. 136); ou então quando sugere, em final de capítulo: "Saibamos alguma coisa dessa vida" (p. 166), deixando para o seguinte o satisfazer da curiosidade suscitada a propósito da vida de Fr. Dinis; ou quando, de novo ao encerrar o capítulo, anuncia que o frade "tirou uma carta da manga e a entregou a Joaninha", carta lida só no capítulo seguinte. Como se vê, é sobretudo ao enunciar a novela (porque nela há uma acção e esta facilmente suscita a curiosidade) que o narrador controla a revelação dos acontecimentos, de modo a manter bem viva a atenção do leitor; uma atenção que se deseja manter de um modo geral ao longo de uma comunicação narrativa sinuosa, cujos protagonistas sustentam relações que de certa forma têm que ver com a estratégia folhetinesca descrita.

Essa comunicação narrativa é desencadeada por um narrador anónimo([9]), como se sabe circunstancialmente empenhado numa viagem a Santarém, entidade detentora de um estatuto cultural

---

([8]) Que o folhetim não era, no séc. XIX, um género culturalmente desqualificado prova-o o facto de, em revistas prestigiadas como *O Panorama* e a *Revista Universal Lisbonense*, ser usual a sua inserção no rodapé das páginas; romances de Herculano como *O Bobo* e *O Monge de Cister* viram a luz precisamente como folhetins, endereçados a um público detentor de hábitos de leitura regulares. É certo, no entanto, que o folhetim narrativo acabou por exagerar a extensão, a complexidade e o arrastamento das intrigas, como no chamado romance-folhetim se observa.

([9]) No quadro desta análise, seria desajustado identificar linearmente o narrador com o próprio Garrett. É óbvio que a configuração deste narrador anónimo não é estranha à experiência pessoal do autor, a começar pela própria viagem que Garrett levou a cabo; mas isso não autoriza a que se faça a identificação em causa, sob pena de sermos obrigados a ler toda a narrativa apenas como relato verídico de uma viagem — procedimento que, como se verá, limitaria seriamente as potencialidades semânticas da obra, como o próprio narrador faz notar. De certo modo, o facto de o narrador recorrer a iniciais e não aos nomes por extenso (p. ex., o Sr. C. da T. ou o Sr. L. S.) representa uma espécie de indecisão entre a leitura das *Viagens* como relato referencial ou como obra literária em princípio de índole ficcional.

sofisticado e interessada em disseminar no seu discurso frequentes digressões de incidência ideológica; o seu narratário é a entidade frequentemente interpelada como "leitor" (por vezes "leitora"), em quem se supõe uma certa receptividade e expectativas culturais relativamente definidas e até certo ponto controladas pelo teor folhetinesco do discurso.

A partir deste posicionamento de base, desenvolve-se um processo comunicativo caracterizado por um tom marcadamente dialógico. Significa isto que o narrador perfilha uma atitude coloquial, não raro em jeito de conversa amena, deixando transparecer com alguma frequência uma certa superioridade e indisfarçável ironia. O tom dialógico, o conhecimento das expectativas do leitor, o delinear da sua imagem, estão representados praticamente desde o início da narrativa:

> Vou *desapontar* decerto o leitor benévolo; vou perder, pela minha fatal sinceridade, quanto em seu conceito tinha adquirido nos dois primeiros capítulos desta interessante viagem.
> Pois que esperava ele de mim agora, de mim que ousei declarar-me escritor nestas eras de romantismo, século das fortes sensações, das descrições, a traços largos e *incisivos* que se entalham na alma e entram com sangue no coração?
> No fim do capítulo precedente parámos à porta de uma estalagem: que estalagem deve ser esta, hoje no ano de 1843, às barbas de Vítor Hugo, com o Doutor Fausto a trotar na cabeça da gente, com os *Mistérios de Paris* nas mãos de todo o mundo? (p. 95).

O narrador que se pronuncia nestes termos parece deter um conhecimento seguro dos gostos e curiosidades do seu leitor, colocado num tempo cultural particular: esse ano de 1843, em que Victor Hugo, o Doutor Fausto e os *Mistérios de Paris* ([10]) alimentavam o imaginário do público medianamente culto. Só que o narrador não parece aceitar pacificamente as tendências dessa atmosfera cul-

---

([10]) Trata-se de nomes decerto familiares ao público da época: Victor Hugo, cuja projecção literária se prolongaria ainda para além do tempo de Garrett, representa, neste contexto, sobretudo o autor de *Notre-Dame de Paris*; o Doutor Fausto é a personagem criada por Goethe e associada a uma temática sinistra; os *Mistérios de Paris* são o popular romance de E. Sue, traduzido e sucessivamente reeditado entre nós ao longo de várias décadas. Cf. José-Augusto França, *O Romantismo em Portugal*, Lisboa, Livros Horizonte, 1974, 1º vol., p. 212; Ofélia Paiva Monteiro, "Le rôle de Victor Hugo dans la maturation du Romantisme portugais", in *Hommage à Victor Hugo*, Paris, F. Calouste Gulbenkian/C. Culturel Portugais, 1985, pp. 124 ss..

tural e tenderá a fazer da narrativa um instrumento de acção sobre o leitor; os frequentes qualificativos com que o designa, patenteiam não só a mencionada superioridade, mas também, de forma implícita, a necessidade de reformar a mentalidade e hábitos culturais do leitor: expressões como "leitor benévolo" (p. 95 e 104), leitor "pateta" (p. 105), "leitor amigo e benévolo", "cândido e sincero" (p. 204), traduzem decerto uma familiaridade e uma cordialidade que, apesar de tudo, o narrador incute ao seu discurso (de acordo com o que era aconselhado pelas circunstâncias e pela estratégia de hábil reforma mental adoptada), bem como um quase paternalismo provindo de quem parece conhecer perfeitamente o terreno cultural em que se move e o ascendente de que desfruta:

> Pois acredite-me o leitor amigo, que sei alguma coisa dos sabores e dissabores deste mundo, fie-se na minha palavra, que é de homem experimentado: o prazer de chegar por aquele modo a Tortoni, o apear da elegante caleche balançada nas mais suaves molas que fabricasse arte inglesa do puro aço da Suécia, não alcança, não se compara ao prazer e consolação de alma e corpo que eu senti ao apear-me da minha chouteira mula à porta do grande café do Cartaxo. (p.116).

Por vezes é a **leitora** que está em causa; sintomaticamente as alusões à leitora ocorrem sobretudo quando se processa o relato da novela, susceptível de ser apreendida como história marcada por traços de romanesco e sentimentalidade que justamente (e logo de início) o narrador se apressa a esbater: (cf. pp. 135-136).

E em diversas outras circunstâncias (p. ex., quando se trata de descrever, a partir da p. 192, a personagem sedutora que é Carlos, quando se comenta o seu "romantismo vago, descabelado, vaporoso, e nebuloso"; p. 211), é ainda a atenção da leitora que expressamente o narrador supõe activada, reconhecendo-lhe esse perfil romântico cujos excessos devem ser corrigidos ([11]).

O que, portanto, pode desde já concluir-se é o seguinte: em primeiro lugar, que o narrador não alimentava excessivas ilusões quanto à qualidade do seu leitor (ou leitora), do ponto de vista dos hábitos culturais que perfilhava; em segundo lugar, que não desistia

---

([11]) Noutro local, analisámos a imagem da leitora das *Viagens* em contexto romântico, o seu perfil cultural e mental, e os procedimentos críticos do narrador em relação a essa imagem: cf. "Leitura e leitora nas "Viagens" de Garrett", in *A Mulher na Sociedade Portuguesa. Visão histórica e perspectivas actuais*, Coimbra, Inst. de História Económica e Social/Fac. de Letras, 1986, pp. 61-72. Sobre o Romantismo como objecto de crítica nas Viagens, cf. *infra*, pp. 54-59.

de tentar corrigir o perfil do leitor, seguindo para isso um percurso sinuoso, em registo coloquial e dialogante, discretamente persuasivo, não raro irónico, fazendo também do leitor um alvo dos comentários críticos que abundantemente se encontram nas *Viagens*. Um exemplo sugestivo desse "diálogo" e do seu tom persuasivo, em que é possível até "escutar" a interrogação do leitor:

> O pinhal da Azambuja mudou-se. Qual, de entre tantos Orfeus que a gente por aí vê e ouve, foi o que obrou a maravilha, isso é mais difícil de dizer. Eles são tantos, tocam e cantam todos tão bem! Quem sabe? Juntar-se-iam, fariam uma companhia por acções, e negociariam um empréstimo harmónico com que facilmente se obraria então o milagre. É como hoje se faz tudo; é como se passou o tesouro para o banco, o banco para as companhias de confiança... porque se não faria o mesmo com o pinhal da Azambuja?
> Mas aonde está ele então? faz favor de me dizer...
> Sim senhor, digo: *está consolidado*. E se não sabe o que isto quer dizer, leia os orçamentos, veja a lista dos tributos, passe pelos olhos os votos de confiança; e se depois disto, não souber aonde e como *se consolidou* o pinhal da Azambuja, abandone a geografia que visivelmente não é a sua especialidade, e deite-se a finança, que tem *bossa* [...] (p. 106-107)([12]).

O que a novela virá a ser é justamente um marco mais (certamente o mais expressivo) desse processo crítico, contribuindo, como narrativa "de tese"([13]) que tende a ser, para demonstrar a pertinên-

---

([12]) Ainda outros exemplos desse tom pedagógico e persuasivo em que por vezes se pronuncia o narrador: "O que lhe ela fora, assaz to tenho explicado, leitor amigo e benévolo: o que lhe ela será... Podes tu, leitor cândido e sincero, — aos hipócritas não falo eu — podes tu dizer-me o que há-de ser amanhã no teu coração a mulher que hoje somente achas bela, ou gentil, ou interessante?" "Leitor amigo e benévolo, caro leitor meu indulgente, não acuses, não julgues à pressa o meu pobre Carlos; e lembra-te daquela pedra que o Filho de Deus mandou levantar à primeira mão que se achasse inocente... A adúltera foi-se em paz, e ninguém a apedrejou" (pp. 204 e 205). Verifica-se assim o que Ofélia Paiva Monteiro observou, numa primeira análise de índole narratológica das *Viagens* (e também d'*O Arco de Santana*): "O narrador transforma-se assim, nas duas obras, na mais importante e mais fascinante personagem da narrativa, assumindo, para além das funções de contar e de organizar o texto, as de comunicar com o narratário por uma viva forma dialogante e de orientar ideologicamente o discurso através da perspectiva introduzida em todo o universo diegético" ("Algumas reflexões sobre a novelística de Garrett", in *Colóquio/Letras*, 30, 1976, p. 15).

([13]) O sentido em que aqui se fala em *narrativa de tese* tem que ver com a preocupação evidenciada em várias épocas pela Literatura (e com especial intensidade em períodos como o Romantismo, o Realismo, o Naturalismo e o Neo-Realismo), no sentido de fazer da obra literária um instrumento de acção sobre as

cia de asserções críticas e juízos de incidência ideológica formulados pelo narrador no decurso do relato da viagem. Importa dizer, no entanto, que, integrando-se, como já sabemos, no nível diegético, a novela conjuga-se com outros géneros discursivos que nesse nível diegético se encontram; e porque muitas vezes esses géneros não são apenas práticas de discurso, mas enformam temas de reflexão, a sua análise deve reservar-se para o próximo capítulo.

---

mentalidades, costumes sociais e esquemas ideológicos do seu tempo, acção concretizada pela demonstração de teses postuladas pelo escritor. As incidências ideológicas que afectam a literatura de tese encontram-se analisadas em Susan R. Suleiman, *Authoritarian fictions. The ideological novel as a literary genre*, New York, Columbia Univ. Press, 1983.

2. VIAGENS

Resistindo a ser lido como uma simples narrativa de viagem, "este despropositado e inclassificável livro das (...) VIAGENS" (p. 253) levanta questões em primeira instância de natureza metaliterária. Por outras palavras, nas *Viagens* a problemática dos **géneros** constitui uma questão que carece de prévia análise, por duas razões. Trata-se, em primeiro lugar, de questão relevante no quadro cultural do Romantismo, se tivermos em conta certas tomadas de posição que no seu decurso se observaram. Dois exemplos: quando Victor Hugo lança os fundamentos do teatro romântico, fá-lo justamente num texto, o "Prefácio" de *Cromwell*, em que põe em causa a rigidez de determinações que coarctassem a liberdade criativa do escritor e propugna uma estética fundada no princípio da simbiose dos géneros; e quando Garrett, ao publicar o *Frei Luís de Sousa*, escreve a "Memória ao Conservatório", ecoa nas suas reflexões essa recusa de espartilhar a obra em causa num género estrito ([1]).

Para além disso, a questão dos géneros constitui um tema de análise ao longo do próprio texto das *Viagens* — e é por isso sobretudo que se diz tratar-se de uma análise metaliterária: porque uma obra literária disserta sobre um tema literário. O narrador das Viagens revela, pois, uma noção muito clara da importância de que se reveste o assunto, antes de mais e precisamente porque se trata, de

---

([1]) É justamente a tendência para cultivar a diversidade de géneros que transparece nas oscilações patentes nestas palavras: "Esta é uma verdadeira tragédia — se as pode haver, e como só imagino que as possa haver sobre factos e pessoas comparativamente recentes. Não lhe dei todavia esse nome porque não quis romper de viseira com os estafermos respeitados dos séculos que, formados de peças que nem ofendem nem defendem no actual guerrear (...) ainda têm contudo a nossa veneração, ainda nos inclinamos diante deles quando ali passamos por acaso"; e depois de aludir à opção pela prosa em detrimento do verso, Garrett declara, ainda a propósito do *Frei Luís de Sousa*: "Contento-me para a minha obra com o título modesto de drama; só peço que a não julguem pelas leis que regem ou devem reger, essa composição de forma e índole nova; porque a minha, se na forma desmerece da categoria, pela índole há-de ficar pertencendo sempre ao antigo género trágico" ("Ao Conservatório Real", *Obras de Almeida Garrett*, Porto, Lello, 1963, vol. II, pp. 1082-1083).

um ponto de vista inovador e culturalmente insubmisso, de afirmar uma posição de transgressão em relação às modas da época e às expectativas do público.

2.1. Géneros

Não basta dizer que as *Viagens* são uma obra atravessada por múltiplos **registos de género** e descrever esses géneros. Importa notar, antes disso, o seguinte: se as *Viagens* são uma obra pluridiscursiva, uma tal **pluridiscursividade** decorre do seu pendor **dialógico**.

Já se disse aqui que o discurso das *Viagens* apresenta com frequência a feição de um diálogo entabulado com leitores (e leitoras) não raro expressamente invocados. Ora o teor plural e naturalmente diversificado desses destinatários, a própria variedade de disposições e expectativas que o narrador neles pode adivinhar, tudo isso aconselha a uma diversificação do discurso das *Viagens*: o narrador tem consciência de que não se dirige a um leitor monolítico e indiferenciado, e sabe que uma multiplicidade de temas suscita reacções diferentes, requerendo soluções discursivas também diferentes.

Curiosamente, a pluridiscursividade das *Viagens* amplifica-se para além da manifestação de vários géneros e alarga-se à diversidade dos modos. Designamos aqui como **modos** categorias literárias que se revestem de uma dimensão universal, sem referência estrita a contextos históricos particulares: é assim que se fala em três modos fundamentais, o **narrativo**, o **dramático** e o **lírico**. São estes modos que se actualizam em géneros específicos, motivados agora pelas solicitações culturais de certos contextos históricos precisos: o romance, o conto, a novela ou a autobiografia serão, pois, géneros do modo narrativo, como a tragédia, a comédia ou o drama romântico o são do modo dramático e a canção ou a ode o são do modo lírico [2].

Quando o narrador das *Viagens* comenta, em termos irónicos que haverá que explicar, aquilo a que chama os "pensamentos poéticos" de Carlos (cf. p. 211), uma tal designação remete implicitamente para o modo lírico que parece coadunar-se com a disposição

---

[2] Sobre o estatuto teórico de *modos* e *géneros literários*, cf. V. M. de Aguiar e Silva, *Teoria da Literatura*, 5.ª ed., Coimbra, Almedina, 1983, pp. 385-401.

psicológica e cultural da personagem (³). Por outro lado, certas alusões ao desenrolar da novela sentimental chamam indirectamente a atenção para uma componente modal que é possível descortinar na história de Carlos e Joaninha: a sua feição dramática, no sentido em que essa história compreende a acção tensa e a concentração espacial e temporal que no modo dramático se observam; por isso, o narrador pode, com alguma propriedade, justificar assim o adiar da conclusão da história: "Houve mutação de cena. Vamos a Santarém, que lá se passa o segundo acto" (p. 229).

Não há dúvida, no entanto, de que são os géneros do **modo narrativo** que, de facto, dominam as *Viagens*; e não há dúvida também de que a variedade de géneros constitui, para o narrador, um motivo de quase secreta vaidade (uma vaidade bem romântica), pelo que essa variedade significa de rebeldia a cânones artificialmente impostos. Quase logo no início, é o sentido da transgressão que aparece claramente afirmado, transgressão destinada a surpreender expectativas viciadas no consumo de narrativas de viagens estereotipadas:

> Estas minhas interessantes viagens hão-de ser uma obra-prima, erudita, brilhante de pensamentos novos, uma coisa digna do século. Preciso de o dizer ao leitor, para que ele esteja prevenido; não cuide que são quaisquer dessas rabiscaduras da moda que, com o título de *Impressões de Viagem*, ou outro que tal, fatigam as imprensas da Europa sem nenhum proveito da ciência e do adiantamento da espécie (p. 90).

Significa isto que as *Viagens* são totalmente estranhas ao género da narrativa de viagem? O título mostra que não é assim, mas revela também, porque se encontra no plural, que esta é uma narrativa de viagens sensivelmente diversa do habitual.

Vejamos: o Romantismo habituara o público leitor a relatos de viagens que traduziam bem certas preocupações e anseios do temperamento romântico. Num tempo em que o homem romântico se sentia não raro descentrado, deslocado e constrangido por normas

---

(³) O facto de esses "pensamentos poéticos" se elaborarem em prosa é aqui irrelevante, uma vez que o modo lírico aceita uma tal opção estilística (cf. a chamada poesia em prosa). Por outro lado, o narrador justifica essa opção, salvaguardando a dimensão lírica das reflexões de Carlos: depois de declarar que "o desgraçado era poeta", acrescenta: "Inda assim! não me esconjurem já o rapaz... Poeta, entendamo-nos; não é que fizesse versos: nessa não caiu ele nunca, mas tinha aquele sexto sentido do belo, do ideal que só têm certas organizações privilegiadas de que se fazem os poetas e os artistas" (p. 209).

que a sociedade burguesa europeia lhe impunha, a reacção a uma tal situação concretizava-se não raro pela evasão no espaço: o homem romântico procura então cenários exóticos, como a Andaluzia, o Oriente ou a América inexplorada. Dessas incursões retemperadoras (porque nesses espaços o homem romântico encontra uma natureza e uns costumes não afectados pelos vícios da Sociedade) resultaram muitas vezes narrativas que fascinaram o público europeu, exactamente pela côr local provinda desses cenários exóticos ([4]).

Reconhecendo, entretanto, nesses relatos os defeitos de uma moda cultural esvaziada de novidade, o narrador tenta incutir à sua narrativa uma profundidade que transcenda a superficialidade de semelhantes "rabiscaduras da moda". Por isso diz:

> Primeiro que tudo, a minha obra é um símbolo... é um mito, palavra grega, e de moda germânica, que se mete hoje em tudo e com que se explica tudo... quanto se não sabe explicar.
> É um mito porque — porque... Já agora rasgo o véu, e declaro abertamente ao benévolo leitor a profunda ideia que está oculta debaixo desta ligeira aparência de uma viagenzita que parece feita a brincar, e no fim de contas é uma coisa séria, grave, pensada como um livro novo da feira de Leipzig, não das tais brochurinhas dos *boulevards* de Paris (p. 90).

Note-se, entretanto, que também a seriedade reclamada para as *Viagens* aparece aqui um tanto deformada, pelo toque de ironia com que o narrador subverte essa nova tentativa de classificção ("a minha obra é um símbolo... é um mito"), que apenas reafirma o carácter inclassificável da obra.

Irredutível, pois, ao estatuto da narrativa de viagens, a obra será, antes de mais, o resultado de um conjunto de viagens que transcendem o simples trajecto geográfico ([5]): viagens pela História,

---

([4]) Cf. o nosso ensaio "Camões nas *Viagens*", in *Construção da Leitura*, Coimbra, I.N.I.C./Centro de Literatura Portuguesa, 1982, sobretudo pp. 75-79; sobre viagens e viajantes no nosso Romantismo, cf. Manuela D. Domingos, "Livros de Viagem Portugueses do Século XIX", in S. Reckert e Y. K. Centeno (eds.), *A Viagem (entre o real e o imaginário)*, Lisboa, Arcádia, 1983, pp. 61-86.

([5]) Recorde-se o passo em que o narrador rejeita com muita clareza o estatuto de mero relator de dados factuais:

> Muito me pesa, leitor amigo, se outra coisa esperavas das minhas VIAGENS, se te falto, sem o querer, a promessas que julgaste ver nesse título, mas que eu não fiz decerto. Querias talvez que te contasse, marco a marco, as léguas da estrada? palmo a palmo, as alturas e as larguras dos edifícios? algarismo por algarismo, as datas de sua fundação? que te resumisse a história de cada pedra, de cada ruína?
> Vai-te ao padre Vasconcelos; e quanto há de Santarém, peta e verdade, aí o

pela Cultura, pela Literatura, pelas Ideologias, também, naturalmente, por um espaço nacional (de Lisboa a Santarém) que de certa forma se pretende redescobrir.

Essas outras viagens e a redescoberta da "minha terra" estimulada pelo nacionalismo cultural romântico, são favorecidas não exactamente por um outro género, mas por uma estratégia discursiva que transmite às *Viagens* uma feição estilística bem característica: referimo-nos à **digressão**, como processo de análise e instrumento expressivo privilegiado. Fala-se em digressão sempre que a dinâmica da narrativa é interrompida para que o narrador formule asserções, comentários ou reflexões normalmente de teor genérico que transcendem o concreto dos eventos relatados, embora quase sempre sejam motivadas por eles[6]; nas *Viagens*, são digressões, por exemplo, as elucubrações que nos caps. V e XIII se ocupam dos defeitos da literatura romântica e do significado histórico-simbólico dos frades e dos barões, como o é também a dissertação de abertura do cap. XXIV, sobre o Adão natural e o Adão social.

Parece pertinente realçar aqui a importância da digressão nas *Viagens*, também pela própria atenção que o narrador lhe dedica: frequentementre tentado por reflexões que interrompem o fluxo do relato[7], o narrador não deixa entretanto de justificar a existência dessas reflexões:

> Não pude resistir a esta reflexão: as amáveis leitoras me perdoem por interromper com ela o meu retrato.

---

acharás em amplo fólio e gorda letra: eu não sei compor desses livros, e quando soubesse, tenho mais que fazer (pp. 239-240).

O padre Vasconcelos é Inácio da Piedade Vasconcelos (1676-1747), autor de uma *História de Santarém edificada*.

[6] Como é fácil de ver, cabe à digressão uma importante função de representação ideológica, mais notória quando ela surge em obras e períodos não vinculados a uma concepção da narrativa como discurso "transparente" e radicalmente neutro. De feição e motivações bastante diversas, as digressões constituem práticas discursivas relativamente fluidas e maleáveis: "Esse comentário pode, é claro, abranger qualquer aspecto da experiência humana e pode ser relacionado com a questão principal por inúmeras formas e graus. Tratá-lo como processo único é ignorar as diferenças importantes entre comentário que é meramente ornamental, comentário que serve um fim retórico mas não é parte da estrutura dramática e comentário que é parte integrante da estrutura dramática, como acontece em *Tristram Shandy* (caps. VII-VIII, seguintes)" (W. C. Booth, *A retórica da ficção*, Lisboa, Arcádia, 1980, pp. 170-171).

[7] Cf. o seguinte passo: "Este capítulo não tem divagações, nem reflexões, nem considerações de nenhuma espécie, vai direito e sem se distrair, pela sua histó-

49

Mas quando pinto, quando vou riscando e colorindo as minhas figuras, sou como aqueles pintores da Idade Média que entrelaçavam nos seus painéis, dísticos de sentenças, fitas lavradas de moralidades e conceitos... talvez porque não saibam dar aos gestos e atitudes expressão bastante para dizer por eles o que assim escreviam, e servia a pena de suplemento e ilustração ao pincel... Talvez: e talvez pelo mesmo motivo caio eu no mesmo defeito... Será; mas em mim é irremediável, não sei pintar de outro modo (p. 192).

Enunciando um discurso que é ele mesmo uma espécie de viagem (porque digressão significa também "passeio", "excursão"), o narrador está consciente de que este não é um procedimento inocente: em sintonia com uma indisfarçável intenção didáctica que preside às *Viagens* (a mesma que, como se disse, permitirá ler a novela como obra de tese), as digressões constituem sobretudo, como se verá, instrumentos preferenciais no processo de representação ideológica que na obra se concretiza.

Mas além de peculiar narrativa de viagens, as *Viagens* comportam também uma dimensão de relato **autobiográfico**. Provém essa dimensão antes de mais do facto de o relato principal das *Viagens* resultar de uma experiência pessoal, fragmento de uma vivência em muitos aspectos importante para o narrador; o registo **autodiegético** (quer dizer, de relato por um narrador que como protagonista viveu o que conta), a alusão a verdadeiros episódios de dimensão autobiográfica([8]), a referência a lugares e eventos históricos testemunhados, o modo como o narrador se sente afectado (nos planos psicológico, ideológico, cultural, etc.) por esses lugares e eventos, tudo isto suscita não exactamente uma autobiografia, na acepção estrita do termo, mas um discurso de incidência autobiográfica. Se a isto juntarmos o facto de também o protagonista da novela esboçar a sua autobiografia na carta que escreve a Joaninha, confirmar-se-á a importância de que se reveste, nas *Viagens*, essa entoação autobiográfica; além do mais, ela conota a inserção da obra no

---

ria adiante" (p. 154); e também: "Entraremos portanto em novo capítulo, leitor amigo; e agora não tenhas medo das minhas digressões fatais, nem das interrupções a que sou sujeito. Irá direita e corrente a história da nossa Joaninha até que a terminemos... em bem ou em mal?" (p. 252).

([8]) Ainda que fugazes, essas referências incidem sobre eventos muito importantes na biografia do narrador:"Como hei-de eu então, eu que nesta grave Odisseia das minhas viagens tenho de inserir o mais interessante e misterioso episódio de amor que ainda foi contado ou cantado, como hei-se eu fazê-lo, eu que já não tenho que amar neste mundo senão uma saudade e uma esperança — um filho no berço e uma mulher na cova?..." (p. 138); noutro momento (cf. p. 130), o narrador alude à origem das suas ideias liberais e ao exílio que sofreu.

tempo do Romantismo, especialmente propenso ao culto de estratégias discursivas em que o eu se encontra fortemente implicado, como agente de uma atitude confessional ([9]).

Se atentarmos agora de modo particular na história inserida no relato da viagem, verificaremos que, também no que a ela diz respeito, não parece fácil estabelecer uma classificação de género inteiramente estável. Naturalmente que o estatuto de **novela**, em princípio atribuído à história de Carlos e Joaninha, revela uma pertinência que não pode ser posta em causa, se bem que se trate daquele que é talvez o mais fluido e historicamente oscilante de todos os géneros narrativos; de qualquer modo, a história de Carlos e Joaninha traz desde logo consigo um traço bem característico da novela (até em termos etimológicos), ao ser apresentada e narrada como algo de novo, desconhecido e de certa forma surpreendente: é nesses termos que ela é mencionada quando, no final do cap. X, um dos viajantes desperta a curiosidade dos seus companheiros de jornada e suscita uma pausa na viagem e um tempo de entretenimento. Se a isto associarmos outras características estruturais como o desenvolvimento rápido e relativamente concentrado de uma acção que domina a história, a sua orientação para um desenlace único, o carácter excepcional de uma personagem como Carlos, também a presença de eventos inesperados (como o reconhecimento do verdadeiro pai de Carlos) e ainda a sua extensão não excessivamente alargada, se tivermos em conta estas características, dizíamos, confirmaremos a justeza da classificação novela para a história do nível hipodiegético — o que vem trazer às *Viagens* ainda uma outra manifestação de género ([10]).

([9]) A análise das dominantes estruturais e temáticas da *autobiografia* pode ler-se em C. Reis e Ana Cristina M. Lopes, *Dicionário de Narratologia*, Coimbra, Liv. Almedina, 1987, pp. 32-35, com referências bibliográficas.

([10]) Estas características permitiram a B. Eikhenbaum estabelecer uma distinção entre a *novela* e o *romance*, assimilando aquela a um "problema que consiste em colocar uma equação a uma incógnita", enquanto "o romance é um problema com regras diversas que se resolve com a ajuda de um sistema de equações a várias incógnitas, sendo as construções intermediárias mais importantes do que a resposta final" (B. Eikhenbaum, "Sur la théorie de la prose", in T. Todorov (ed.), *Théorie de la Littérature*, Paris, Éd. du Seuil, 1965, p. 204). Cf. também J. Leibowitz, *Narrative Purpose in the Novella*, The Hague-Paris, Mouton, 1974 e M. Moisés, *A Criação Literária. Prosa*, 10.ª ed., São Paulo, Editora Cultrix, 1982, pp. 55-89.

Ainda outras tentativas de classificação vêm competir com o que se disse. Já sabemos que o narrador chega a sugerir a vertente **dramática** da novela, bem evidente, aliás, nos termos em que se desenrolam os caps. XXXII a XXXV, quando se prepara e ocorre o desenlace: diálogos vivos, tensão emocional, concentração espacial, até mesmo atitudes melodramáticas (¹¹). Por outro lado, o viajante que anuncia a história refere-se a "um romance todo inteiro" (p. 135), para logo de seguida o narrador alterar essa designação para **conto**. Noutros momentos, o narrador reclama-se da discrição requerida pela **historiografia** ("E é tudo quanto por agora pode dizer--vos, ó curiosas leitoras, o discreto historiador deste mui verídico sucesso"; p. 205; cf. ainda pp. 139 e 220). Complete-se tudo isto ainda com uma outra manifestação de género: a **narrativa epistolar**, concretizada, como se sabe, na longa carta de Carlos a Joaninha.

Porquê, por um lado, a flutuação das designações e, por outro lado, a efectiva coexistência, nas *Viagens*, de diversos géneros? A resposta a esta questão encontra-se não só na obra e na sua condição romântica, mas, em termos mais alargados, na atitude protagonizada pelo seu autor relativamente a toda a directriz, fosse de género, de tema ou de estilo, que pudesse traduzir-se numa criação artística regida por normas fixas. Já sabemos que, desde cedo, Garrett foi afirmando a sua adesão aos valores e às ideias do Romantismo precisamente por esta via: pela reivindicação da liberdade como princípio irredutível e indiscutível de criação artística (¹²). Nas *Viagens*, este princípio manifesta-se de forma flagrante precisamente através do hibridismo formal, traduzido nessa oscilação de géneros que temos vindo a analisar.

Curiosamente, há um episódio nas *Viagens* que parece talhado para justificar não exactamente o hibridismo dos géneros, mas de um modo geral a possibilidade de perfilhar uma atitude criativa

---

(¹¹) O episódio da agressão não consumada de Carlos a Fr. Dinis, seguido pelo reconhecimento, são os momentos em que parece mais evidente a insinuação do melodramático:

Lançou-se a um enorme velador de pau santo que lhe jazia ao pé, maça terrível de Hércules, e bastante a fender crânios de ferro, quanto mais a descarnada caveira do frade! De ambas as mãos a levava no ar; e o velho estendeu para ele a cabeça como na ânsia de morrer... Georgina fechou involuntariamente os olhos, e um grande e medonho crime ia consumar-se... (...)
— «Filho, meu filho!» arrancou a velha com estertor do peito: «é teu pai, meu filho. Este homem é teu pai, Carlos» (pp. 268-269).

(¹²) Cf. *supra*, pp. 13 ss.

heterogénea e heterodoxa. Os termos são exactamente estes: quando abre o cap. VI, o narrador lembra n' "os imortais *Lusíadas*" essa "heterogénea e heterodoxa mistura da teologia com a mitologia, do maravilhoso alegórico do paganismo, com os graves símbolos do cristianismo" (p. 109) ([13]). À primeira vista, parece reconhecer-se que tal mistura é, de facto, censurável; só que o narrador reage sobretudo emocionalmente a *Os Lusíadas*:

> Desde que me entendo, que leio, que admiro *Os Lusíadas*; enterneço-me, choro, ensoberbeço-me com a maior obra de engenho que ainda apareceu no mundo, desde a *Divina Comédia* até ao *Fausto*... (p. 109) Eu, apesar dos críticos, ainda creio no nosso Camões: sempre cri (p. 110).

E reagindo emocionalmente, o narrador acaba por se rever no exemplo de Camões, compreende a episódica necessidade de misturar entidades de instâncias diversas e cede a essa tentação, não sem antes fazer uma profissão de independência em relação à crítica:

> Nada! viva o nosso Camões e o seu maravilhoso mistifório; é a mais cómoda invenção deste mundo: vou-me com ela e ralhe a crítica quanto quiser (p. 113).

O resultado é o que se encontra no final desse cap. VI. Desejando encontrar uma explicação para o estado em que se encontram as vinhas do Ribatejo, o narrador opera um anacronismo, entra no "reino das sombras" e dialoga com o Marquês de Pombal. Assim se consagra a imaginação como factor de transgressão do convencionado, pela quebra de limites e fronteiras, onde quer que elas existam: no espaço, no tempo, na criação cultural, etc.

2.2. Temas

O hibridismo de géneros que nas *Viagens* se verifica não pode deixar de condicionar os conteúdos temáticos que ao longo da viagem se vão explanando. Como se disse já, o nível diegético, dominado pelo relato da viagem, não se esgota na mera descrição de uma paisagem que se desenrola perante um viajante; empreendendo outras "viagens" favorecidas pelas digressões que elabora, o narra-

---

([13]) O episódio d'*Os Lusíadas* a que a este propósito o narrador logo de seguida se refere é aquele em que Baco surge disfarçado de sacerdote a adorar o Deus cristão (canto II, est. 10-15).

dor contempla um amplo leque de áreas temáticas. Uma das mais relevantes e culturalmente prementes é a que diz respeito à Literatura, em diversos aspectos da sua existência sociocultural.

2.2.1. *Literatura*

Trata-se, evidentemente, de um domínio temático que, englobando a problemática dos géneros já comentada e confirmando os posicionamentos observados, permite também a manifestação de certas reminiscências de formação neoclássica que episodicamente afloram. A criação literária de um modo geral, a sua relação com o real, as modas literárias, a questão das influências, os excessos e limitações que elas implicam, são alguns dos domínios particulares que a reflexão sobre a Literatura abarca. E tudo isto é importante não só pelo destaque de que, em absoluto, se revestem tais questões, mas também por se encontrar, no contexto das *Viagens*, uma prática de criação literária (a novela inserida) que tacitamente entra em diálogo com as concepções expostas no nível da viagem.

Logo no cap. III, ao chegar à estalagem da Azambuja (cf. p. 95), o narrador interroga-se sobre uma questão crucial: como descrever a estalagem, numa época afectada por certos estereótipos românticos:

> Vamos à descrição da estalagem; e acabemos com tanta digressão.
> Não pode ser clássica, está visto, a tal descrição. — Seja romântica. — Também não pode ser. Porque não? É pôr-lhe lá um *Chourineur* a amolar um facão de palmo e meio para espatifar rês e homem, quanto encontrar, — uma *Fleur de Marie* para dizer e fazer pieguices com uma roseirinha pequenina, bonitinha, que morreu, coitadinha! — e um príncipe alemão encoberto, forte no soco britânico, imenso em libras esterlinas, profundo em gíria de cegos e ladrões... e aí fica a Azambuja com uma estalagem que não tem que invejar à mais pintada e da moda neste século elegante, delicado, verdadeiro, natural!
> É como eu devia fazer a descrição: bem o sei. Mas há um impedimento fatal, invencível — igual ao daquela famosa salva que se não deu... é que nada disso lá havia (pp. 97-98).

Impelido pelas modas românticas, o narrador poderia, pois, limitar-se a repetir clichés que o seu leitor decerto bem conhecia: as personagens dos *Mystères de Paris*, de E. Sue (o Chourineur, a Fleur de Marie), os seus tiques característicos (a agressividade excessiva em contraste com a pieguice que ressuma daquela "roseirinha pequenina, bonitinha, que morreu, coitadinha"([14])), tudo isto seria suficiente para satisfazer as expectativas de um imaginário colectivo deformado pelo melodramático; só que tudo isto seria o contrário daquilo que o narrador declara, usando uma ironia que justamente afirma o inverso do que aparenta: uma estalagem descrita pelo registo do verdadeiro e do natural que o século (romântico) não respeita. Ora do que aqui se trata é precisamente de sublinhar, contra os excessos de certo Romantismo, as qualidades do verdadeiro como critério de representação artística; por isso, logo depois o narrador cita Boileau ("porque eu hei-se viver e morrer na fé de Boileau: Rien n'est beau que le vrai"; p. 98 ([15])), assim reafirmando a pertinência e a vitalidade cultural de princípios clássicos que os excessos do Romantismo aconselhavam a recuperar.

Para além, portanto, de reconhecer a dinâmica irrefreável da **evolução literária**([16]) (a superação de uns períodos literários por outros, a estabilização e saturação do que antes se afirmava como inovação, a necessidade de ultrapassar o que se encontra estagnado), a reflexão sobre a Literatura e o Romantismo centra-se

---

([14]) Trata-se aqui, com toda a evidência, de uma utilização crítica do diminutivo, tal como o é a alusão a "umas certas boquinhas gravezinhas e esprimidinhas pela doutorice, que são a mais aborrecidinha coisa e a mais pequinha que Deus permite fazer às suas criaturas fêmeas". Trata-se, afinal, de um dos muitos aspectos em que Garrett anuncia Eça, do ponto de vista estilístico. Precisamente no quadro de uma crítica ao sentimentalismo romântico, também Eça há-de escrever mais tarde: "A poesia romântica compõe-se assim de pequeninas sensibilidades, pequeninamente contadas por pequeninas vozes" (*Uma campanha alegre. De "As farpas"*, Porto, Lello, 1969, vol. I, p. 26.).

([15]) Autor de uma *Arte poética* (1674) com larga divulgação e vigência nos séculos XVII e XVIII, Boileau (1636-1711) representa, neste contexto, o ideal clássico da imitação disciplinada e racional da natureza, com recusa dos excessos da imaginação e afirmando a verdade artística como inderrogável princípio de criação artística. A *Arte poética* de Boileau foi traduzida em Portugal pelo Conde da Ericeira cerca de 1697, não sendo o seu prestígio cultural, ao longo do séc. XVIII português, alheio à formação neoclássica a que Garrett foi sujeito.

([16]) Além de outros textos garrettianos (p. ex., o prólogo do *Camões* ou o prefácio da *Lírica de João Mínimo*) em que a verificação dessa dinâmica é notória, também nas *Viagens* ela se encontra afirmada, de forma expressa, eventualmente com um toque de ironia que sugere o que de redutor pode existir em mutações literárias bruscas: "Não havia então [no tempo de Camões] românticos nem romantismo, o século estava muito atrasado. As odes de Vítor Hugo não tinham ainda desbancado as de Horácio; (...) chorava-se com as *Tristes* de Ovídio, porque se não lacrimejava com as meditações de Lamartine. (...) Milton não se tinha ainda sentado no lugar de Homero, Shakespeare no de Eurípides, e Lord Byron acima de todos" (p. 111).

numa questão específica: a que diz respeito à **criação literária** como prática discursiva, quer dizer, como activação de códigos e signos literários que concretizam uma comunicação literária socialmente enquadrada.

O cap. V das *Viagens* é reconhecidamente aquele em que esta questão é analisada de forma mais aguda. Trata-se de novo de uma descrição: a do pinhal da Azambuja; e trata-se, mais uma vez, de denunciar a importação de temas e personagens provindas de literaturas estrangeiras ([17]), em detrimento de uma observação centrada no princípio da verdade artística. Por isso o narrador recorre, ainda aqui (e agora de forma mais desenvolvida), à ironia como instrumento crítico:

> Sim, leitor benévolo, e por esta ocasião te vou explicar como nós hoje em dia fazemos a nossa literatura. Já não me importa guardar segredo, depois desta desgraça não me importa já nada. Saberás pois, ó leitor, como nós outros fazemos o que te fazemos ler.
>
> Trata-se de um romance, de um drama — cuidas que vamos estudar a história, a natureza, os monumentos, as pinturas, os sepulcros, os edifícios, as memórias da época? Não seja pateta, senhor leitor, nem cuide que nós o somos. Desenhar caracteres e situações do *vivo* da natureza, colori-los das cores verdadeiras da história... isso é trabalho difícil, longo, delicado, exige um estudo, um talento, e sobretudo um tacto!... Não senhor: a coisa faz-se muito mais facilmente. Eu lhe explico (pp. 104-105).

O que a seguir se explica e "aconselha" é a construção do romance e do drama de acordo com **estereótipos** estafados (uma ou

---

([17]) Quando declara que "trazia prontos e *recortados* (...) todos os amáveis salteadores de Schiller, e os elegantes facinorosos do *Auberge-des-Adrets*", o narrador mistura referências literárias que, desfrutando, de facto, de um talvez excessivo ascendente cultural entre nós, não devem hoje ser colocadas no mesmo plano. Em F. von Schiller (1759-1805) alude-se ao autor da peça *Os Salteadores*, ou seja, a um dos nomes mais prestigiados do Romantismo alemão, criador de uma literatura dramática de temática histórica (p. ex., *Don Carlos*, a trilogia *Wallenstein, Maria Stuart, Guilherme Tell*); justamente à recepção portuguesa do drama *Os Salteadores* foi consagrado um estudo da autoria de M. Manuela Gouveia Delille e M. Teresa Delgado Mingocho, *A recepção do teatro de Schiller em Portugal no século XIX. I — O drama "Die Rauber"*, Coimbra, I.N.I.C./C.L.P., 1980. Já *L'Auberge-des-Adrets*, da autoria colectiva de B. Antier, Saint-Amand e Paulyanthe, é um melodrama hoje esquecido, mas popular na época, pelo culto das acções turbulentas em cenário tenebroso. Naturalmente que, subjacente às críticas endereçadas à desmedida importação de produtos culturais estrangeiros, encontra-se a crença garrettiana (e autenticamente romântica) segundo a qual deve o belo nacional, os seus temas, lendas e mitos, presidir à criação artística (cf. *Dona Branca*, canto III, 5-7).

duas damas, um pai nobre ou ignóbil, um monstro, etc.) que, justamente porque o eram, não podiam já surpreender um público acomodado a tais estereótipos, inteiramente esvaziados da novidade exigida pela verdadeira informação estética([18]). E isto não podia, naturalmente, deixar de conduzir àquele que é talvez o aspecto decisivo desta mordaz reflexão sobre certa criação literária romântica: a denúncia, sempre em registo irónico, da falta de originalidade:

> Ora bem; vai-se aos figurinos franceses de Dumas, de Eug. Sue, de Vítor Hugo, e *recorta* a gente, de cada um deles, as figuras que precisa, gruda-as sobre uma folha de papel da cor da moda, verde, pardo, azul — como fazem as raparigas inglesas aos seus álbuns e scrapbooks; forma com elas os grupos e situações que lhe parece; não importa que sejam mais ou menos disparatados. Depois vai-se às crónicas, tiram-se uns poucos de nomes e de palavrões velhos; com os nomes crismam-se os figurões, com os palavrões *iluminam-se*... (estilo de pintor pinta-monos). — E aqui está como nós fazemos a nossa literatura original (pp. 105-106).

É fácil de ver que o processo descrito é tudo menos original; é evidente também que a crítica à falta de originalidade passa por reservas levantadas à excessiva influência de certos autores franceses e de uma certa retórica medievalizante que dominavam o cenário cultural português em meados do século ([19]); e pode também notar-se que, de um ponto de vista estilístico, a crítica elaborada passa pela peculiar utilização de vocábulos como *"recorta"* e *"iluminam-se"*. Ao primeiro recorrera já o narrador ("Eu que os trazia prontos

---

([18]) Fala-se em *informação estética* sempre que uma mensagem artística se configura de modo inovador e surpreendente, relativamente às normas culturais do seu tempo e às expectativas do público; a existência de informação estética depende, pois, no caso da criação literária, da capacidade do escritor para derrogar os cânones estéticos instituídos e para afirmar a sua individualidade e a sua capacidade de subversão desses cânones estéticos (cf. A. Moles, *Théorie de l'information et perception esthétique*, Paris, Denoël/Gonthier, 1972, pp. 195 ss.; M. Bense, *Introducción a la estética teórico-informacional*, Madrid, Alberto Corazón, 1972, pp. 174-179).

([19]) No extenso estudo de José-Augusto França, *O Romantismo em Portugal*, Lisboa, Livros Horizonte, 1974, 1.º vol., pp. 205 ss., encontram-se elementos que atestam a recepção portuguesa de W. Scott, directo inspirador de uma literatura de cenários medievais, bem como a popularidade de autores como A. Dumas, E. Sue e V. Hugo. Cf. também: A. Gonçalves Rodrigues, *A novelística estrangeira em versão portuguesa no período pré-romântico*, Coimbra, Biblioteca da Universidade, 1951; Á. Manuel Machado, *Les Romantismes au Portugal. Modèles étrangers et orientations nationales*, Paris, C. Culturel Portugais/F. C. Gulbenkian, 1986.

e *recortados* para os colocar aqui todos os amáveis salteadores..."; p. 104), na mesma acepção de procedimento pouco subtil, cópia grosseira de modelos estrangeiros (daí também as expresssões "figurinos franceses" e "cor da moda"); com o *"iluminam-se"* (lembrando as iluminuras medievais) alude-se em simultâneo à propensão medievalizante de certo Romantismo e à artificial cor local (exactamente no"estilo de pintor pinta-monos") que asssim se conseguia.

Em função da mordacidade destes juízos críticos, cabe agora perguntar: como é possível ler as *Viagens* à luz dos valores do Romantismo, se nelas se patenteiam tais reticências à criação literária romântica? A resposta a esta questão terá necessariamente que ter em conta não apenas outras alusões ao Romantismo que no texto se encontram, mas também a configuração da obra, em termos muito genéricos, e, a partir daí, as concepções culturais do seu autor.

Em certo momento do cap. VIII, motivado pela contemplação do cenário da charneca ribatejana, o narrador declara:

> Eu amo a charneca.
> E não sou romanesco. Romântico, Deus me livre de o ser — ao menos, o que na algaravia de hoje se entende por essa palavra. (p. 124).

Apesar da sua brevidade, estas palavras são claras. Não está em causa o Romantismo em bloco, mas sim "o que na algaravia de hoje se entende por essa palavra"; o que o narrador recusa, pois, é identificar-se com um Romantismo abastardado, aparentemente degradado pela vulgarização de temas, situações e atitudes emocionais tornadas artificiais e, desse modo, susceptíveis de se imporem como obrigação de escola. Ora é justamente uma concepção normativa da criação artística que nas *Viagens* é inequivocamente rejeitada, quando o narrador declara: "Eu nem em princípios nem em fins tenho escola a que esteja sujeito" (p. 252). E semelhante recusa não pode senão remeter directamente para um posicionamento tipicamente romântico: a radical afirmação de independência e total liberdade criativa, afirmação por vezes enunciada, em contexto romântico, com esse misto de vaidade e desassombro que encontramos, por exemplo, no Garrett que escreve o *Camões* e o seu prólogo ([20]).

Decorrendo, pois, de uma atitude autenticamente romântica, as críticas formuladas aos vícios de certo Romantismo (no fundo,

---

([20]) Cf. *supra*, p. 14-15.

aquele que se ia aproximando do que entre nós foi o Ultra-Romantismo) não afectam os diversos aspectos em que nas *Viagens* precisamente se reconhece uma condição de obra genuinamente romântica. Para além dessa intransigente recusa de escolas, é o já comentado hibridismo formal que caracteriza as *Viagens*; são as grandes dominantes temáticas que atravessam as *Viagens*, do fascínio pela Natureza ao culto das tradições populares, na linha de um Nacionalismo cultural ideologicamente sintonizado com o Liberalismo; é, no estrito plano dos valores e das ideias, a contraposição do Idealismo ao Materialismo triunfante; e é ainda a própria novela sentimental, os vectores temáticos que a sustentam, o perfil do seu protagonista e certos aspectos da sua acção. Tudo isto age e afirma-se como confirmação dos vínculos que realmente religam as *Viagens na minha terra* a esse Romantismo autêntico a que nos referimos ([21]).

2.2.2. *Sociedade*

A Literatura, enquanto motivo de reflexão crítica, não existe, no entanto, à margem da Sociedade. Importante componente da vida social romântica, factor poderoso de configuração de mentalidades e gostos, a Literatura, seja ela narrativa, lírica ou dramática, pode ser encarada, de certo modo, como subtema inserido nessa outra vasta área temática que é a da reflexão sobre a Sociedade. É exactamente a uma Literatura exibida em contexto social que se refere o narrador no capítulo XXXVIII das Viagens, quando satiriza os rituais sociais que envolvem a retórica estafada de certo teatro romântico:

> E o destempero original de um drama plusquam romântico, laureado das imarcessíveis palmas do Conservatório para eterno abrimento das nossas bocas! Lá de longe aplaude-o a gente com furor, e esquece-se que fumou todo o primeiro acto cá fora, que dormiu no segundo, e conversou nos outros, até à infalível cena da xácara, do subterrâneo, do cemitério, ou quejanda, em que a dama, soltos os cabelos e em penteador branco, endoidece de rigor, — o galã, passando a mão pela testa, tira do profundo tórax os três *ahs!* do estilo, e promete matar seu próprio pai que lhe apareça — o centro perde o centro de gravidade, o barbas arrepela as barbas... e maldição, maldição, inferno!... «Ah mulher indigna, tu não sabes que neste peito há um

---

([21]) Alguns destes aspectos das *Viagens* voltarão a ser abordados em momento oportuno.

coração, que deste coração saem umas artérias, destas artérias umas veias — e que nestas veias corre sangue... sangue, sangue! Eu quero sangue, porque eu tenho sede, e é de sangue... Ah! pois tu cuidavas? Ajoelha, mulher, que te quero matar... esquartejar, chacinar!» — E a mulher ajoelha, e não há remédio senão aplaudir... (pp. 287-288).

Que a Sociedade constitui um importante campo de reflexão, pretexto para outras "viagens", é o que se evidencia a partir da definição do projecto cultural que inspira as *Viagens*. De facto, o lugar das *Viagens* no contexto do Romantismo português é também o de uma obra empenhada na transformação de uma sociedade atingida por mutações históricas consideráveis. Neste aspecto pode, pois, dizer-se que na preocupação do narrador relativamente a tudo o que sejam temas de alcance social ecoa distintamente a preocupação do autor (e também legislador, político, parlamentar, etc.) que foi Garrett.

A importância da reflexão sobre a sociedade depreende-se desde o episódio de abertura das *Viagens*. Quando observa o "majestoso e pitoresco anfiteatro de Lisboa oriental" (p. 85), o narrador nota:

> Assim o povo, que tem sempre melhor gosto e mais puro do que essa espuma descorada que anda ao de cima das populações, e que se chama a si mesma por excelência a *Sociedade*, os seus passeios favoritos são a Madre de Deus e o Beato e Xabregas e Marvila e as hortas de Chelas (p. 85).

O que no passo citado importa agora é a distinção que o narrador opera: de um lado, o povo com o seu gosto puro; do outro, a "escuma descorada" que é a Sociedade, designação metafórica que traz consigo notações semânticas de tipo depreciativo: a descaracterização, a fragilidade, etc.

Esta rápida insinuação não é mais do que o preâmbulo do que em seguida se depara aos olhos de um narrador precisamente atento ao que de pitoresco, genuíno e autêntico o cenário nacional (cenário físico e também humano) lhe vai revelando:

> Era com efeito notável e interessante o grupo a que nos tínhamos chegado, e destacava pitorescamente do resto dos passageiros, mistura híbrida de trajos e feições descaracterizadas e vulgares — que abunda nos arredores de uma grande cidade marítima e comercial. — Não assim este grupo mais separado com que fomos topar. Constava ele de uns doze homens; cinco eram desses famosos atletas da Alhandra que vão todos os domingos colher o *pulverem olympicum* da praça de Sant'Ana, e que, à voz soberana e irresistível de: *à unha, à unha, à cernelha!*... correm a arcar com mais generosos, não mais possantes, animais que eles, ao som das imensas palmas, e a troco dos raros pintos por que se manifesta o sempre clamoroso e sempre vazio

entusiasmo das multidões. Voltavam à sua terra os meus cinco lutadores ainda em trajos de praça, ainda esmurrados e cheios de glória da contenda da véspera. Mas ao pé destes cinco e de altercação com eles — já direi porquê — estavam seis ou sete homens que em tudo pareciam os seus antípodas.

Em vez do calção amarelo e da jaqueta de ramagens que caracterizam o homem do forcado, estes vestiam o amplo saiote grego dos varinos, e o tabardo arrequifado siciliano de pano de varas. O campino, assim como o saloio, têm o cunho da raça africana; estes são da família pelasga: feições regulares e móveis, a forma ágil (p. 87).

Note-se que a atenção conferida à indumentária constitui uma espécie de via de acesso ao que realmente interessa. Diferentemente da banalidade que atinge aqueles que provêm da cidade ou que dela dependem (de certo modo, aqueles que às convenções sociais da civilização urbana se submetem), os dois grupos descritos conservam uma autenticidade e uma vitalidade que implicitamente envolvem uma crítica a essa descaracterizadora vulgaridade das convenções sociais.

A partir daqui, estão criadas as condições para a explanação, ao longo do relato da viagem, de uma série de considerações visando aspectos mais ou menos relevantes da **sociedade** portuguesa, sociedade entendida aqui em duas acepções, de limites imprecisos: ela é a sociedade, no sentido em que objectivamente compreende o colectivo dos homens regidos por um sistema de leis, situados num determinado cenário geocultural e protagonizando um certo devir histórico; mas esta sociedade não deixa também de significar as convenções e as modas que o sistema organizativo mencionado pressupõe, e essa inerente descaracterização a que o último passo transcrito se refere.

As críticas do narrador endereçam-se, pois, por vezes, a aspectos da vida social portuguesa que de certa forma envolvem as duas acepções mencionadas. É, por exemplo, o que ocorre, quando o narrador analisa uma questão que frequentemente o preocupa ao longo da viagem: o estado degradado em que se encontra o nosso património arquitectónico. Depois de muito procurar a igreja de Santa Maria de Alcáçova, encontrando-a por fim reduzida a "mesquinha e ridícula massa de alvenaria, sem nenhuma arquitectura, sem nenhum gosto" (p. 234), o narrador alarga a sua reflexão:

Perverteu-se por tal arte o gosto entre nós desde o meio do século passado especialmente, os estragos do terramoto grande quebraram por tal modo o fio de todas as tradições da arquitectura nacional, que na Europa, no mundo todo talvez se não ache um país onde, a par de tão belos monumentos antigos como os nossos, se encontrem tão vilãs, tão ridículas e absurdas construções públicas e particulares como essas quase todas que há um século se fazem em Portugal.

Nos reparos e reconstruções dos templos antigos é que este péssimo estilo, esta ausência de todo estilo, de toda a arte mais ofende e escandaliza. Olhem aquela empena clássica posta de remate ao frontispício todo renascença da Conceição Velha em Lisboa. Vejam a emplastagem de gesso com que estão mascarados os elegantes feixes de colunas góticas da nossa Sé.

Não se pode cair mais baixo em arquitectura do que nós caímos quando, depois que o marquês de Pombal nos *traduziu*, em vulgar e arrastada prosa, os *rococós* de Luís XV, que no original, pelo menos, eram floridos, recortados, caprichosos e galantes como um madrigal, esse estilo bastardo, híbrido, degenerando progressivamente e tomando presunções de clássico, chegou nos nossos dias até ao chafariz do passeio público! (pp. 234-235).

Para além do que é evidente (a crítica à desnacionalização da arquitectura e à sua falta de estilo), o que nestas palavras pode ler-se é, em termos genéricos, a denúncia de uma deformação cultural precisa: o **francesismo**. Trata-se de um tema destinado a recolher, no nosso séc. XIX, outros testemunhos não menos expressivos do que este ([22]); mas trata-se, neste contexto, sobretudo de reafirmar um posicionamento tipicamente romântico: para o narrador não está em causa apenas a invasão de estilos artísticos franceses, mas, antes disso, a perda da identidade nacional, simbolicamente observada na degradação das colunas góticas da sé. Ora as colunas góticas não só representam aqui essa autenticidade ofendida, como sugerem a época a que se referem como estilo artístico, isto é, a Idade Média que tanto seduzia os românticos, justamente por nela se entender preservada a identidade nacional, em toda a sua pureza e vitalidade.

Como se vê, o que poderia parecer inocente observação de um monumento assume uma dimensão de **reflexão histórica**, envolvendo várias épocas: o séc. XIX, o tempo de Luís XV, a Idade

---

([22]) Recordem-se aqui, como particularmente expressivos, os testemunhos de Camilo e Eça. O primeiro, ao lamentar, n'*Os brilhantes do brasileiro*, o aspecto das jovens "dessoradas no ambiente impuro dos colégios, e adelgaçadas por uma alimentação francesa que lhes depauperou a opulência do sangue herdado" (*Os brilhantes do brasileiro*, 8.ª ed., Lisboa, Parceria A. M. Pereira, 1965, p. 61); o segundo, no conhecido ensaio de publicação póstuma "O 'Francesismo", ao exarar a máxima "Portugal é um país traduzido do francês em calão" (cf. *Cartas e outros escritos*, Lisboa, Livros do Brasil, s/d., pp. 322-343). Compare-se essa máxima com o texto garrettiano: "... depois que o marquês de Pombal nos traduziu, em vulgar e arrastada prosa, os rococós de Luís XV...".

Média. Significado bem mais amplo do que o de uma simples viagem turística assume também a "peregrinação" a Santarém, a visita aos seus lugares históricos e aos seus monumentos degradados, a evocação de tradições e lendas que a Santarém se encontram ligadas, bem como a presença na cidade das Portas do Sol de alguém discretamente referido como o "chefe do partido progressista" e em quem facilmente se adivinha a figura histórica de Passos Manuel([23]). Justamente a referência a Passos Manuel permite desvelar o significado simbólico da visita a Santarém, no contexto de uma viagem em que Povo e Sociedade, passado e presente, aparecem frequentemente em relação opositiva:

> Notável combinação do acaso! Que o ilustre e venerando chefe do partido progressista em Portugal, que o homem de mais sinceras convicções democráticas, e que mais sinceramente as combina com o respeito e adesão às formas monárquicas, esse homem, vindo do Minho, do berço da dinastia e da nação, viesse fixar aqui a sua residência no alcáçar do nosso primeiro rei, conquistado pela sua espada num dos feitos mais insignes daquela era de prodígios! (p. 235).

Fica assim claro que os capítulos XXVII a XXXI e XXXVI a XLII, com as suas digressões e comentários, diatribes e descrições, revelam uma Santarém que assume aqui um significado de "lugar sagrado", num tempo histórico e social de crise e desencanto. Como notou Ofélia Paiva Monteiro, "a viagem que 'sustenta' as *Viagens* constitui-se como uma 'peregrinatio ad loca sancta', que tem logicamente por sujeito alguém que quer retemperar-se com a virtude salvífica que deles emana. Os 'loca sancta', na concretização portuguesa que recebem, são as terras férteis do Ribatejo e a histórica cidade de Santarém; o sujeito que aí deseja reconfortar-se é esse narrador que expressamente inculca ser identificável com Garrett e que, ao abranger-se frequentemente no colectivo 'nós', se irmana com o leitor e com a massa dos Portugueses enquadrada no espaço

---

([23]) Passos Manuel (1801-1862), de seu nome efectivo Manuel da Silva Passos, foi um dos políticos mais destacados do Liberalismo português. Partidário da revolução de 1820, exilado em 1828, integrou-se no exército que lutou, até 1834, contra as forças absolutistas. Depois da vitória do Liberalismo, encabeçou a facção radical que desencadeou a chamada Revolução de Setembro; tendo-se mantido no poder por curto lapso de tempo (até 1837), deve-se-lhe, ainda assim, activa legislação, designadamente nos domínios da Educação e da Cultura, esta última confiada à iniciativa de Garrett.

poluído e poluidor que metonimicamente o inclui — Lisboa, ou, por outras palavras, a Sociedade"[24].

A profundidade de que se reveste o olhar lançado sobre os lugares visitados completa-se por um movimento simultaneamente restrospectivo e **dialéctico**, quando está em causa a confrontação de eventos do presente com eventos do passado. Entendida, como se verá, como procedimento fundamental de reflexão ideológica e social, a dialéctica que o narrador acciona torna-se particularmente crítica quando realça o contraste do presente em crise com o passado digno de memória. Recorde-se, a título de exemplo, o conhecido episódio em que o narrador evoca o entusiasmo que lhe é suscitado pela leitura d'*Os Lusíadas*:

> Abri os Lusíadas à ventura, deparei com o canto IV e pus-me a ler aquelas belíssimas estâncias
>
> *É já no porto da ínclita Ulisseia...*
>
> Pouco a pouco amotinoû-se-me o sangue, senti baterem-me as artérias da fronte... as letras fugiam-me do livro, levantei os olhos, dei com eles na pobre nau Vasco da Gama que aí está em monumento-caricatura da nossa glória naval... E eu não vi nada disso, vi o Tejo, vi a bandeira portuguesa flutuando com a brisa da manhã, a torre de Belém ao longe... e sonhei, sonhei que era português, que Portugal era outra vez Portugal.
> Tal força deu o prestígio da cena às imagens que aqueles versos evocavam!
> Senão quando, a nau que salva a uns escaleres que chegam... Era o ministro da marinha, que ia a bordo.
> Fechei o livro, acendi o meu charuto, e fui tratar das minhas camélias (p. 228).

A atitude em que se salda esta evocação — o fechar o livro e o tratar das camélias — corresponde, evidentemente, ao comportamento meio displicente, meio requintado do homem romântico que ostenta uma superioridade intelectual inquestionável. Mas esse comportamento não afecta o que de essencialmente crítico aqui se encontra. Repare-se: o que o narrador evidencia, antes de mais, é a

---

[24] Ofélia Paiva Monteiro, "Ainda sobre a coesão estrutural de 'Viagens na minha terra'", in *Afecto às letras. Homenagem da Literatura Portuguesa contemporânea a Jacinto do Prado Coelho*, Lisboa, Imprensa Nacional-Casa da Moeda, 1984, pp. 572-579. Atente-se ainda no seguinte passo:"Santarém torna-se desta forma nas *Viagens* um espaço densamente metaforizado que significa, pelo cariz da sua grandeza/ruína, o grande mal português coevo, afloração duma maleita que ciclicamente a história aduz: o reinado do interesse mesquinho, encarnado entre nós pelo asinino barão, que ri cinicamente dos valores que não rendam" (*loc. cit.*, p. 575).

veneração que *Os Lusíadas* merecem, como livro sempre presente e capaz de desencadear uma emoção de cunho fortemente patriótico; a partir daí e do recorte simbólico que se adivinha naquele verso d'*Os Lusíadas* — a evocação da partida de V. da Gama para a Índia, a concentração da atenção no cenário do porto de Lisboa — compreende-se o teor crítico que resulta da confrontação de opostos: ao Vasco da Gama dos fins do séc. XV opõe-se "a pobre nau Vasco da Gama" em meados de séc. XIX, ao movimento da partida da armada para a Índia opõe-se a imobilidade da nau "que aí está", à acção gloriosa e vigorosa do passado (a descoberta do caminho marítimo para a Índia) opõe-se a caricata salva ao ministro da marinha.([25]).

Evidentemente que, como se sugeriu já, evocações como a citada carecem de uma interpretação nos planos simbólico e ideológico que a seu tempo se desenvolverá. Por agora, fica reforçada em termos globais essa noção que gradualmente tem sido afirmada: a de que o decurso da viagem é também o decurso de digressões por terrenos tão variados como a História, a Literatura, a Sociedade ou a Arquitectura. E também, como o último texto citado claramente sugere, a noção de que essas digressões e o que ideologicamente delas se infere são favorecidas por aquilo que no discurso lido é sugerido: assim como o narrador, sendo momentaneamente leitor d'*Os Lusíadas*, foi capaz de partir do texto para a reflexão que esse texto favorece, também o leitor das *Viagens* operará o mesmo movimento de captação de uma mensagem de incidência crítica e ideológica que o texto que lê pode configurar — se for lido como algo mais do que estrito relato de viagem.

([25]) Veja-se o comentário a este passo por A. da Costa Dias, "Estilística e dialéctica", prefácio a *Viagens na minha terra*, ed. cit., pp. 67-68.

3. NOVELA

O relato da viagem levado a cabo pelo narrador das *Viagens na minha terra* é indissociável de um posicionamento crítico traduzido num registo estilístico muito hábil: a coloquialidade que domina o discurso, o tom de conversa amena com o leitor, as observações não raro persuasivas disseminadas no texto, tudo isto concorre para fazer das *Viagens* não exactamente uma obra didáctica, na acepção pejorativa que a expressão pode encerrar ([1]), mas decerto uma obra com evidentes intuitos de profilaxia e reforma cultural. Deste modo, o narrador orienta o seu discurso no sentido de corrigir, no leitor virtual, defeitos e vícios de consumo cultural, tentando aproximá-lo o mais possível do perfil do **leitor modelo** ([2]). A novela inserida no relato da viagem vem precisamente reforçar os desígnios mencionados: mais do que puro divertimento sem consequências, ela será entendida como narrativa capaz de fazer passar uma mensagem cuja dimensão histórica e ideológica se projectará sobre o leitor.

Para tal, é necessário que a novela sentimental se integre no relato da viagem de forma harmoniosa. Por outras palavras: trata-se

---

([1]) O sentido depreciativo em que pode falar-se em *Literatura didáctica* decorre do episódico recurso à Literatura com funções puramente utilitárias, de afirmação doutrinária e ideológica. É o que ocorre com a chamada Literatura dirigida (p. ex., o Realismo socialista soviético ou certa Literatura produzida sob o Fascismo e sob o Nazismo), quando um regime político de índole totalitária estimula os escritores a produzirem obras de finalidade marcadamente propagandística; cf. S. Morawski, *Il marxismo e l'estetica*, Roma, Editori Riuniti, 1973, pp. 114 ss.; R. Robine, "Cultural Stalinism, didacticism and literariness", in *Sociocriticism*, II, 1, 1986, pp. 7-46.

([2]) Noutro local, estudámos este processo a propósito da imagem da leitora que o narrador vai configurando; cf. "Leitura e leitora nas "Viagens" de Garrett" separ. de *A Mulher na Sociedade Portuguesa. Visão histórica e perspectivas actuais*, Coimbra, Inst. de História Económica e Social/Fac. de Letras, 1986. U. Eco referiu-se ao Leitor Modelo como sendo uma entidade prevista pelo autor, "capaz de cooperar na actualização textual como ele, o autor, pensava, e de se mover interpretativamente tal como ele, o autor, se moveu generativamente" (U. Eco, *Lector in fabula*, Milano, Bompiani, 1979, p. 55).

agora de confirmar, no plano da análise, o que anteriormente ficou afirmado, quer dizer, que a novela sentimental pode, em certa medida, ser entendida como narrativa "de tese"([3]). Deste modo, o movimento de integração mencionado não se limita a "economizar" um nível narrativo, pelo facto de ser o narrador primeiro quem se apropria da palavra enunciada pelo narrador segundo; tal como, no fluir da conversa, o narrador disserta sobre o estado dos monumentos, o tipo do barão ou a Literatura romântica, também, com uma naturalidade afim desse registo coloquial, caracterizará as personagens da novela e comentará os seus comportamentos. Assim se torna possível, por outro lado, controlar habilmente as expectativas e a curiosidade do leitor; mas assim se torna também difícil, por vezes, distinguir o que pertence ao **plano da viagem** daquilo que pertence ao **plano da novela**([4]), porque, em última instância, é isso mesmo que o narrador pretende: impedir que se estabeleça uma fronteira rígida entre os dois níveis narrativos, fronteira que dificultaria o estabelecimento de relações semânticas entre esses dois níveis narrativos. São precisamente essas relações que se deduzem dos termos em que personagens e acções são descritas e narradas.

3.1. Personagens

O destaque merecido pela análise das **personagens** da novela sentimental das *Viagens* explica-se antes ainda de abordarmos as suas características mais salientes. Com efeito, se período literário existe em que à **personagem** se confere uma atenção especial, esse período é, sem dúvida, o Romantismo.

Na personagem romântica concentram-se e explanam-se os valores e atitudes fundamentais que conferem identidade própria ao Romantismo. Os valores da liberdade, da justiça e da autenticidade (por exemplo, nos planos amoroso, religioso ou da nacionalidade) inspiram uma ânsia de absoluto que não raro lança a personagem romântica em tensões e conflitos insolúveis; atitudes tão expressivas como a rebeldia perante as convenções, a ironia e a superioridade, a evasão no tempo e no espaço, constituem comportamentos usuais do homem romântico que a todo o transe tenta afirmar e preservar

---

([3]) Cf. *supra*, p. 43.
([4]) Cf. *supra*, p. 38 o diagrama que representa a articulação dos níveis narrativos das *Viagens*.

aqueles valores. Heróis românticos como Eurico, do romance homónimo de A. Herculano, Simão Botelho do *Amor de perdição* de Camilo e, naturalmente, o próprio Carlos das *Viagens* corporizam a busca do absoluto, não raro resolvida em frustração, desencanto e suicídio.

Compreende-se, pelo que fica exposto, que o homem romântico seja afectado por uma hipertrofia do eu, por uma espécie de desmesura da sua personalidade, normalmente responsável pelo **egocentrismo** que o define. Os conflitos vividos, sejam eles de ordem social, amorosa ou religiosa, traduzem-se assim em intrigas quase sempre desenroladas com grande intensidade e marcadas por desenlaces bruscos ([5]).

Em duas personagens da novela das *Viagens* — Carlos e Joaninha — observaremos trajectos existenciais directamente condicionados pela emergência de alguns dos valores e atitudes mencionadas. As características de um e de outro não deverão, entretanto, ser analisadas de forma isolada, mas sim enquanto factores que determinam uma relação interpessoal (a relação Carlos/Joaninha) carregada, em certos momentos, de intensidade dramática; a intensidade dramática que, em parte, se reencontrará na intriga de que ambos são figuras proeminentes e que depende também de uma outra personagem, Fr. Dinis, cuja análise remetemos para o âmbito da ideologia.

3.1.1. *Carlos*

Um dos momentos de integração de Carlos, enquanto personagem em princípio do **nível hipodiegético**, no **nível diegético** que é o do relato da viagem, encontra-se num capítulo crucial das *Viagens*: o capítulo XXIV em que, depois de uma digressão inicial sobre o Adão natural e o Adão social, o narrador conexiona direc-

---

([5]) Uma análise dos principais vectores que regem o Romantismo encontra-se em V. M. de Aguiar e Silva, *Teoria da Literatura*, 5.ª ed., Coimbra, Liv. Almedina, 1983, pp. 531-560. Da vasta bibliografia sobre o Romantismo como período literário podem consultar-se ainda os seguintes estudos: A. Béguin, *L'âme romantique et le rêve*, Paris, J. Corti, 1960; P. Van Tieghem, *Le romantisme dans la littérature européenne*, Paris, A. Michel, 1969; L. Furst, *Romanticism in perspective*, London, Macmillan, 1972; F.Claudon *et alii*, *Enciclopédia do Romantismo*, Lisboa, Ed. Verbo, 1986; e ainda a recolha de Ph. Lacoue-Labarthe e Jean-Luc Nancy (eds.), *L'absolu littéraire. Théorie de la littérature du romantisme allemand*, Paris, Éd. du Seuil, 1978.

tamente Carlos com essa questão prévia. Sem prejuízo de um comentário mais alargado que o problema em causa merecerá, deve notar-se desde já que a associação de Carlos a essa reflexão aponta para alguns dos vectores semânticos que a personagem sugere: o conflito entre Natureza e Sociedade, o percurso histórico-político do herói romântico, as implicações ideológicas daí decorrentes, etc.

Desde logo, os termos em que o narrador caracteriza Carlos contribuem para que se manifeste o destaque que se lhe reconhece. Partindo do aspecto físico para o perfil psicológico, o narrador apresenta a personagem inicialmente envolta num anonimato um tanto misterioso, que favorece a curiosidade das "amáveis leitoras"; é justamente contando com essa curiosidade ("Mas certo que as amáveis leitoras querem saber com quem tratam, e exigem, pelo menos, uma esquiça rápida e a largos traços do novo actor que lhes vou apresentar em cena"; p. 191) que o narrador elabora um retrato físico entremeado por inevitáveis reflexões que, parecendo meros comentários de circunstância, encerram normalmente uma aguda intenção crítica, com a sua inerente vertente persuasiva ([6]). Em certo passo do retrato concentram-se, entretanto, as principais características que da personagem importa reter:

> Os olhos pardos e não muito grandes, mas de uma luz e viveza imensa, denunciavam o talento, a mobilidade do espírito — talvez a irreflexão... mas também a nobre singeleza de um carácter franco, leal e generoso, fácil na ira, fácil no perdão, incapaz de se ofender de leve, mas impossível de esquecer uma injúria verdadeira.
>
> A boca, pequena e desdenhosa, não indicava contudo soberba, e muito menos vaidade, mas sorria na consciência de uma superioridade inquestionável e não disputada.
>
> O rosto, mais pálido que trigueiro, parecia comprido pela barba preta e longa que trazia ao uso do tempo. Também o cabelo era preto; a testa alta e desafogada.
>
> Quando calado e sério, aquela fisionomia podia-se dizer dura; a mais pequena animação, o mais leve sorriso a fazia alegre e prazenteira, porque a mobilidade e a gravidade eram os dois pólos desse carácter pouco vulgar e dificilmente bem entendido (p. 193).

([6]) Cf. o seguinte passo:

> Uniforme tão militar, tão nacional, tão caro a nossas recordações — que essas gentes, prostituidoras de quanto havia nobre, popular e respeitado nesta terra, proscreveram do exército... por muito português de mais talvez! deram-lhe baixa para os beleguins da alfândega, reformaram-no em uniforme da bicha! (p. 192).

Um breve comentário a esta descrição não deixará de evidenciar o seguinte: antes de mais, que se acentua a tendência para destacar a componente **física** como veículo de acesso às características psico-emocionais de uma personagem que, por agora, se mantém rodeada pelo mistério de um figura desconhecida. Em segundo lugar, notar-se-á que o narrador valoriza em especial certos pontos estratégicos da **fisionomia,** em grande parte coincidentes, na sua enumeração, com o que em Joaninha é também descrito: os olhos, lugar preferencial de projecção do temperamento e das emoções ([7]), a boca e o rosto. O que nesta fisionomia se indicia é uma personagem marcada por traços de **excepcionalidade** bem típicos do herói romântico: a superioridade, as antinomias ("fácil na ira, fácil no perdão", "incapaz de se ofender de leve, mas impossível de esquecer uma injúria verdadeira", sobretudo a oscilação entre os pólos da mobilidade e da gravidade), o pendor para a marginalidade e para o isolamento existencial, que se adivinham no "carácter pouco vulgar e dificilmente bem entendido". Naturalmente que tudo isto sintoniza com a energia vital e afectiva que, logo no início do retrato, se observa no "peito largo e forte como precisa um coração de homem para pulsar livre" (p. 192).

O trajecto biográfico de Carlos confirma estas características e as virtualidades de conflito (com os outros e com o próprio sujeito) que elas encerram. Ao contrário de Joaninha, Carlos é dominado por uma sistemática tendência para a **mudança**: uma mudança traduzida antes de mais nessa espécie de instabilidade que obriga a personagem a partir do Vale de Santarém, a viver a experiência amarga do exílio, a operar depois um regresso problemático ao Vale de Santarém, partindo de novo e definitivamente. Mas a mudança é mais profunda noutros aspectos: dividido entre o chamamento do Amor e a devoção a uma causa social (o empenhamento no combate pelo Liberalismo), Carlos empreende um instá-

---

([7]) A importância de que na obra garrettiana se revestem os olhos, como lugar de projecção de emoções e vivências, foi posta em realce por R. A. Lawton: "Sendo a alma luz, é na luz dos olhos que ela se revela. É lógico que a vivacidade da inteligência, o talento, a mobilidade do espírito se leiam nos olhos de Carlos (...). É nos olhos que se lê não só a luz que neles se vê, mas toda a gama das emoções, porque os olhos são transparentes e deixam o olhar mergulhar até dentro do coração. Neles lê-se o amoroso perdão, tal como o mal de amor; neles lê-se, como num livro, as palavras que lá estão meio inscritas; de modo que, para conservarem o seu segredo, os olhos não devem deixar ver-se" (R.A. Lawton, *Almeida Garrett. L'intime contrainte*, Paris, Didier, 1966, pp. 129 e 131-132).

vel percurso de sucessivos desenganos amorosos: com Júlia, com Laura e com Georgina, na Inglaterra; com Soledade, na Terceira; depois e de modo decisivo, com Joaninha, nesse regresso problemático ao Vale de Santarém. Por outro lado, também o chamamento para a causa social resolve-se em termos de mudança, já que esse empenhamento significa o envolvimento de uma personagem originalmente boa e pura (porque proveniente do espaço paradisíaco do Vale de Santarém) na teia das convenções sociais que a vão degradando. Progressivamente contaminado pelos males sociais, Carlos acaba por se ver condenado a ceder às solicitações do materialismo e encerra o seu atribulado trajecto existencial numa situação ética e psicológica que é exactamente a dos barões satirizados pelo narrador das *Viagens* no capítulo XIII.

Perante uma personagem complexa como é Carlos, por um lado, e tendo em conta, por outro lado, o consabido pendor do narrador para enunciar reflexões e juízos de valor, cabe perguntar: como, finalmente, se posiciona o narrador em relação a uma personagem atravessada por contradições, como é Carlos? À primeira vista, parece evidente que os termos em que o narrador caracteriza a personagem propendem a fazer dela uma figura de destaque inegável, destaque que não pode deixar de sugerir uma apreciação positiva. Todavia, isso não exclui, noutros momentos, reacções de teor irónico, tendendo a desdramatizar atitudes do herói marcadas pelo excesso; e essas reacções não podem ser analisadas independentemente do facto de, no final, o narrador se declarar antigo camarada de Carlos — o que pode levar a pensar que, de certa forma, o narrador se julga também a si mesmo, num registo subtilmente autocrítico, ponderando à distância aquilo que ele próprio também foi.

Há dois passos das *Viagens* muito importantes a este propósito. Ambos ocorrem a propósito do reencontro de Carlos com Joaninha, quando se agudizam as diferenças que entre as duas personagens se vão manifestando e quando em Carlos se acentua uma conturbação emocional que vai aparecendo como excessiva:

> Carlos tinha resolvido ir ao prazo dado, no fim do dia. Mas o dia era longo, custou-lhe a passar. Todas as ponderações da noite lhe recorreram ao pensamento, todas as imagens que lhe tinham flutuado no espírito se avivaram, se animaram, e lhe começaram a dançar na alma aquela dança de fadas e duendes que faz a delícia e os tormentos destes sonhadores acordados que andam pelo mundo e a quem a douta faculdade chama *nervosos*; em estilo de romance *sensíveis*, na frase popular *malucos* (pp. 206-207).

Completando o seu comentário com o epíteto "maluco", o narrador esboça já um certo distanciamento em relação à personagem. Esse distanciamento toma, entretanto, uma dimensão mais ampla, logo que termina a reflexão sobre os olhos verdes de Joaninha:

> Infelizmente não se formulavam em palavras estes pensamentos poéticos tão sublimes. Por um processo milagroso de fotografia mental, apenas se pôde obter o fragmento que deixo transcrito.
> Que honra e glória para a escola romântica se pudéssemos ter a colecção completa!
> Fazia-se-lhe um prefácio incisivo, palpitante, *britante*...
> Punha-se-lhe um título vaporoso, fosforescente... por exemplo: — Ecos surdos do coração — ou — Reflexos de alma — ou — Hinos invisíveis — ou — Pesadelos poéticos — ou qualquer outro deste género, que se não soubesse bem o que era nem tivesse senso comum.
> E que viesse cá algum menestrel de fraque e chapéu redondo, algum trovador renascença de colete à Joinville, lutar com o meu Carlos em pontos de romantismo vago, descabelado, vaporoso, e nebuloso!
> Se algum deles era capaz de escrever com menos lógica, — (com menos gramática, sim) e com mais triunfante desprezo das absurdas e escravizantes regras dessa pateta dessa escola clássica que não produziu nunca senão Homero e Virgílio, Sófocles e Horácio, Camões e o Tasso, Corneille e Racine, Pope e Molière, e mais algumas dúzias de outros nomes tão obscuros como estes? (p. 211)

A irónica alusão à "escola romântica" e a mordaz sugestão de títulos incoerentes para os "pensamentos poéticos" de Carlos alargam o comentário do narrador à problemática do Romantismo. Carlos acaba, pois, por se identificar com os excessos românticos que o narrador criticara no cap. V; e se bem que não correspondendo exactamente a todos os aspectos do Romantismo que aí se visavam (mesmo porque se tratava, então, de uma extensa digressão), a verdade é que, no que toca a um certo desequilíbrio emocional, o herói romântico parece deslizar para esse desvirtuamento dos valores autenticamente românticos, desvirtuamento que o narrador não se cansa de criticar.

3.1.2. *Joaninha*

Ao contrário de Carlos, Joaninha define-se como personagem marcada pela **estabilidade**, uma estabilidade de certo modo anunciada desde o primeiro aparecimento da personagem. Ligada estreitamente a um espaço físico (o Vale de Santarém), Joaninha permanece imutavelmente fiel a esse espaço e sobretudo aos valores que a sua configuração insinua; uma configuração que de certa forma pode ser considerada uma pré-apresentação de Joaninha:

> O Vale de Santarém é um destes lugares privilegiados pela natureza, sítios amenos e deleitosos em que as plantas, o ar, a situação, tudo está numa harmonia suavíssima e perfeita: não há ali nada grandioso nem sublime, mas há uma como simetria de cores, de sons, de disposição em tudo quanto se vê e se sente, que não parece senão que a paz, a saúde, o sossego do espírito e o repouso do coração devem viver ali, reinar ali um reinado de amor e benevolência. As paixões más, os pensamentos mesquinhos, os pesares e as vilezas da vida não podem senão fugir para longe. Imagina-se por aqui o Éden que o primeiro homem habitou com a sua inocência e com a virgindade do seu coração (p. 132).

Se insistimos em evocar o Vale de Santarém, antes de analisarmos a caracterização de Joaninha, é precisamente pelo facto de entre espaço e personagem existirem conexões de ordem metonímica e de ordem simbólica. De ordem **metonímica**, porque esta descrição está no limiar da primeira alusão a Joaninha (logo depois, nesse mesmo capítulo X), do mesmo modo que o espaço em causa foi o lugar habitado pela "Menina dos Rouxinóis", constituindo um e outro partes contíguas de um todo; de ordem **simbólica**, porque os sentidos fundamentais insinuados pela descrição do espaço coincidem, de um modo geral, com o que a caracterização de Joaninha há-de revelar: os sentidos da harmonia, da perfeição, da simplicidade, da pureza original de um cenário que exclui os vícios sociais.

É no capítulo XII que se encontra a caracterização de Joaninha, caracterização extensa como a de Carlos, porque como ela semeada de reflexões de circunstância e, do mesmo modo, partindo também do aspecto físico para o perfil psicológico. E em ambos, é o sentido da **harmonia** que reaparece como dominante semântica que vem do espaço do Vale de Santarém (recorde-se: "tudo está numa harmonia suavíssima"), prolonga-se na descrição de uns cabelos "em perfeita harmonia de cor, de forma e de tom com a fina singeleza destas feições" (p. 144), retoma-se quando se refere "toda esta harmonia" que é o aspecto físico de Joaninha, para reaparecer mais tarde, quando o narrador alude, ainda a propósito de Joaninha, à "harmonia das graças femininas" (p. 190).

Lembremos, entretanto, os traços salientes da personagem cujas características convergem no sentido dessa harmonia tão insistentemente lembrada. Como com Carlos acontece, também a caracterização de Joaninha propende a evidenciar na personagem as características de uma **excepcionalidade** que, neste caso, escapa por completo ao que a Sociedade se habituou a cultivar:

> Joaninha não era bela, talvez nem galante sequer no sentido popular e expressivo que a palavra tem em português, mas era o tipo da gentileza, o ideal da espiritualidade. Naquele rosto, naquele corpo de dezasseis anos havia, por dom natural e por uma admirável simetria de proporções, toda a elegância nobre, todo o desembaraço modesto, toda a flexibilidade graciosa que a arte, o uso e a conversação da corte e da mais escolhida companhia vêm a dar a algumas raras e privilegiadas criaturas no mundo.
> Mas nesta foi a natureza que fez tudo, ou quase tudo, e a educação nada ou quase nada (p. 143).

O último parágrafo do texto é muito sintomático quanto à estratégia de caracterização adoptada pelo narrador. Para realçar as características dominantes da personagem (a harmonia, a gentileza, a espiritualidade, antes de tudo isso a naturalidade, como traço original de onde decorrem todos os outros), o narrador perfilha o que poderia chamar-se uma **estratégia da negação**: em Joaninha, "a educação [não fez] nada ou quase nada"([8]); sendo "a forma airosa do seu corpo" delicada e "élancée", no entanto "não era o garbo teso e aprumado da perpendicular miss inglesa"; depois diz-se que "era branca, mas não desse branco importuno das louras, nem do branco terso, duro, marmóreo das ruivas"; do mesmo modo, "destas rosas-rosas que denunciam toda a franqueza de um sangue que passa livre pelo coração e corre à sua vontade por artérias em que os nervos não dominam, dessas não as havia naquele rosto"; e da boca diz-se que "a sua expressão natural e habitual era uma gravidade singela que não tinha a menor aspereza nem doutorice" (cf. pp. 143-144).

Como explicar esta insistência na negação como procedimento caracterizador? Parece claro que assim se evidencia o que de inesperado, inusitado e excepcional existe em Joaninha; parece claro tam-

---

([8]) Naturalmente que o sentido atribuído aqui a *educação* tem que ver com a posição adoptada, em contexto romântico, relativamente às perniciosas influências da Sociedade sobre o indivíduo, incluindo-se nessas influências todos os processos educativos que desvirtuem a sua autenticidade natural e genuína bondade. Daí, a propósito de uma personagem como Joaninha, em quem se reconhecem as qualidades mencionadas, o contraste esboçado entre "a natureza que fez tudo, ou quase tudo, e a educação nada ou quase nada" (p. 143). Provindas de Jean-Jacques Rousseau e de textos como o *Discours sur l'origine de l'inégalité* (1755) e *Émile ou de l'éducation* (1762), estas teses reencontrar-se-ão em certos aspectos da evolução de Carlos.

bém que aquilo que se nega (a doutorice, a rigidez do corpo, o branco marmóreo, etc.) é tudo o que o narrador se habituou a conhecer e adivinha no seu leitor como igualmente conhecido, isto é, tudo o que tem que ser negado, porque agora aparece uma personagem que por completo escapa a expectativas instituídas e a convenções estabelecidas. Tal como em Carlos (mas agora de forma mais sugestiva ainda), são os **olhos** que completam o retrato; e é neles ainda que se retoma e culmina essa tão expressiva estratégia da negação:

> Os olhos porém — singular capricho da natureza, que no meio de toda esta harmonia quis lançar uma nota de admirável discordância! Como poderoso e ousado *maestro* que, no meio das frases mais clássicas e deduzidas da sua composição, atira de repente com um som agudo e estrídulo que ninguém espera e que parece lançar a anarquia no meio do ritmo musical... os diletantes arrepiam-se, os professores benzem-se; mas aqueles cujos ouvidos lhes levam ao coração a música, e não à cabeça, esses estremecem de admiração e entusiasmo... Os olhos de Joaninha eram verdes... não daquele verde descorado e traidor da raça felina, não daquele verde mau e destingido que não é senão azul imperfeito, não; eram verdes-verdes, puros e brilhantes como esmeraldas do mais subido quilate (pp. 145-146).

Trata-se de um parágrafo duplamente sugestivo: por aquilo que diz e pelo modo como o faz. Por aquilo que diz, porque nele se insiste na notação da diferença e da excepcionalidade que caracteriza Joaninha: a comparação com a ousadia de um maestro que rompe com a ortodoxia da sua composição, remete para o que de diferente e inusitado existe numa personagem que, tal como essa ousadia musical, deve ser apreciada à luz do sentimento e não da razão. Completando a comparação, o narrador insiste na negação como procedimento caracterizador, apontando agora, através dessa negação, para uma essencialidade que é a da pureza do verde ("eram verdes-verdes"), sem matizes nem reticências qualitativas.

Mas há um outro aspecto desta descrição-reflexão, aspecto de teor marcadamente estilístico, que deve ainda ser referido. Ao longo deste extenso parágrafo, designadamente nos dois primeiros períodos, o narrador configura um **anacoluto**[9], procedimento que se

---

[9] A desarticulação da sintaxe concretizada pelo anacoluto reflecte normalmente as condições psicológico-culturais em que se encontra o sujeito do discurso, afectado por perturbações emocionais, por um entusiasmo descontrolado, por simples carências de ordem cultural (limitada competência linguística), etc., etc.

traduz na ruptura da regularidade sintáctica do discurso. Repare-se: iniciando o período por um sintagma centrado nos olhos de Joaninha ("Os olhos porém..."), o narrador corta essa linha de desenvolvimento com uma exclamação que deixa aquele sujeito (provisoriamente) sem predicado. O discurso reinicia-se depois com o primeiro termo da comparação: "Como poderoso e ousado maestro..."; só que esse primeiro termo não é completado pelo que deveria ser o segundo termo (eventualmente: "assim os olhos de Joaninha...") e o raciocínio é de novo interrompido, o que arrasta também um corte do fluxo sintáctico. Finalmente, ao retomar os olhos de Joaninha ("Os olhos de Joaninha eram verdes..."), o narrador está a recuperar o já longínquo início do parágrafo, tentando completar um raciocínio que aparentemente ficara suspenso, pela interposição daquela comparação, também ela inacabada.

Porquê estes saltos que traduzem, afinal, irregularidades formais? Talvez não seja desajustado avançar a seguinte explicação: colocado perante um elemento fisionómico, os olhos da personagem, que surpreendem pelo que de inesperado (e, de certo modo, heterodoxo) neles se observa, o narrador exprime a sua perplexidade através de uma configuração sintáctica que representa, pela sua desarticulação, uma momentânea reacção de instabilidade capaz de afectar a construção sintáctica do discurso — porque na construção sintáctica normalmente projecta-se, de facto, alguma coisa do estado emocional do sujeito do discurso ("Isto tinha na alma, isto vai no papel: que doutro modo não sei escrever" (p. 239), declara em certa altura o narrador). Ou, noutra explicação próxima desta: para adequadamente representar uns olhos que surpreendem pela discordância, o narrador recorre a um discurso sintacticamente afectado nas suas concordâncias internas, discurso cujo sujeito se rende ao primado da emoção sobre a razão ([10]).

([10]) Acentuando o que de perturbador e heterodoxo existe naqueles olhos verdes, o narrador completa a imagem desse fascínio por eles exercido, com um longo e sugestivo parágrafo, a que não é alheio um toque de donjuanismo:

> Eu, que professo a religião dos olhos pretos, que nela nasci e nela espero morrer... que alguma rara vez que me deixei inclinar para a herética pravidade do olho azul, sofri o que é muito bem feito que sofra todo o renegado... eu firme e inabalável, hoje mais que nunca, nos meus princípios, sinceramente persuadido que fora deles não há salvação, eu confesso todavia que uma vez, uma única vez que vi dos tais olhos verdes, fiquei alucinado, senti abalar-se pelos fundamentos o meu catolicismo, fugi escandalizado de mim mesmo, e fui retemperar a minha fé vacilante na contemplação das eternas verdades, que só e unicamente se encontram aonde está toda a fé e toda a crença... nuns olhos sincera e lealmente pretos (p. 146).

O que a propósito de Joaninha fica dito completa-se exemplarmente com o início do cap. XX: Joaninha adormecida aparece não como um elemento sobreposto ao espaço em que se encontra, mas como um elemento indissociável desse espaço, harmoniosamente fundido com a Natureza, de modo que é difícil distinguir os limites de uma dos da outra:

> Sobre uma espécie de banco rústico de verdura, tapeçado de gramas e de macela brava, Joaninha meio recostada, meio deitada, dormia profundamente.
> A luz baça do crepúsculo, coada ainda pelos ramos das árvores, iluminava tibiamente as expressivas feições da donzela; e as formas graciosas de seu corpo se desenhavam mole e voluptuosamente no fundo vaporoso e vago das exalações da terra, com uma incerteza e indecisão de contornos que redobrava o encanto do quadro, e permitia à imaginação exaltada percorrer toda a escala de harmonia das graças femininas.
> Era um ideal do «demi-jour» da «coquette» parisiense: sem arte nem estudo, lho preparara a natureza em seu «boudoir» de folhagem perfumado da brisa recendente dos prados (pp. 190-191).

Complete-se esta descrição com a referência ao rouxinol ("Joaninha não estava ali sem o seu mavioso companheiro"; p. 191) e disporemos das derradeiras e mais impressivas sugestões simbólicas que envolvem a personagem. O rouxinol surge aqui, antes de mais, como prolongamento metonímico da Natureza e da personagem que se lhe associa; a"torrente de melodias, vagas e ondulantes como a selva com o vento, fortes, bravas, e admiráveis de irregularidade e invenção, como as bárbaras endeixas de um poeta selvagem das montanhas" (p. 191)([11]), não se limita a uma função de enquadramento decorativo: essas melodias trazem consigo os sentidos da irreprimível espontaneidade, da naturalidade e da criatividade anti-convencional que nos olhos verdes de Joaninha se concentram—curiosamente, como se sabe, associados também, por comparação, ao "som agudo e estrídulo que ninguém espera e que parece lançar a anarquia no meio do ritmo musical".

Mas além disso—e para além também do fascínio romântico exercido por esse "poeta selvagem das montanhas"—o rouxinol conota sentidos que a cultura literária sedimentou na memória do narrador e decerto também na dos leitores: é impossível não lem-

---

([11]) Diversas edições das *Viagens* que consultámos coincidem nesta lição do texto, diferentemente da que se encontra na edição de A. da Costa Dias ("torrente de melodias, que vagas..."), que neste passo se nos afigura distorcida.

brar, neste contexto, o rouxinol de Bernardim Ribeiro, a avezinha que na *Menina e Moça* é contemplada por uma personagem feminina que revê a tristeza e a melancolia que a atingem, na mágica e sombria sedução de um trinar que antecede a morte[12]; e é difícil ignorar, pela via desta alusão, as premonições (sofrimento, desilusão amorosa, morte) que a presença do rouxinol inspira. É, no entanto, no devir da intriga e na teia das relações com Carlos que essas premonições vão ganhar força, tornar-se realidade dolorosa para Joaninha e fazer explodir a carga de energia passional que na personagem se oculta[13].

3.2. Conflitos

Aquilo que aqui se designa como **intriga da novela** corresponde a um conjunto de eventos que conduzem a um **desenlace** irreversível, traduzido no reconhecimento de que Fr. Dinis é o verdadeiro pai de Carlos e na partida definitiva deste último, acontecimentos não isentos de significados de incidência ideológica; a carta de Carlos (caps. XLIV a XLVIII) e a morte de Joaninha podem ser considerados epílogo da intriga. Esta, iniciada nos caps. XI e XII, desenvolvida nos caps. XIV a XXV e acelerada nos caps. XXXII a XXXV, integra aqueles eventos efectivamente importantes que conduzem ao desenlace mencionado e giram em torno de um núcleo restrito de personagens: Carlos e Joaninha, antes de mais, Fr. Dinis e D. Francisca, num segundo plano. As notícias que o

---

[12] Sobre as relações entre as *Viagens* e a *Menina e Moça*, escreveu H. Macedo: "O carácter português desta 'Odisseia' fora, aliás, imediatamente sugerido pelo referente literário em função do qual Garrett situa o seu conto: a *Menina e Moça* de Bernardim Ribeiro, sucessivamente conotada pela descrição da paisagem, do canto dos rouxinóis, dos olhos verdes de Joaninha (iguais aos de Aónia, anagrama do seu nome) e até pelo facto de o próprio conto ser apresentado como uma história que o narrador ouviu a um companheiro" ("As Viagens na Minha Terra e a Menina dos Rouxinóis", *Colóquio/Letras*, 51, 1979, p. 20).

[13] Em certo momento da caracterização, o narrador desvela essa energia passional, dizendo, a propósito do "rosto sereno como é sereno o mar em dia de calma, porque dorme o vento": "Ali dormiam as paixões". E acrescenta:

> Que se levante a mais ligeira brisa, basta o seu macia bafejo para encrespar a superfície espelhada do mar.
> Sussurre o mais ingénuo e suave movimento de alma no primeiro acordar das paixões, e verão como se sobressaltam os músculos agora tão quietos daquela face tranquila (p. 144).

frade traz (p. 157), a leitura de uma carta de Carlos (p. 180-181), o reencontro de Carlos com Joaninha (p. 194), o afastamento que entre ambos se instala (p. 221), mais tarde o reencontro com Fr. Dinis (p. 264), finalmente a fulminante revelação da verdadeira filiação de Carlos (p. 269) e a sua partida, constituem os núcleos mais salientes da intriga, desenrolada num cenário com várias facetas, a ter em conta na apreensão dos seus significados ideológicos: o cenário visível do Vale de Santarém, também o da guerra civil que atravessa o Vale de Santarém, ainda o da teia de obscuras relações familiares que enquadra o enfrentamento de Carlos com Fr. Dinis.

Para devidamente entendermos os rumos que a intriga toma e os seus significados profundos, é necessário que atentemos nas relações que se estabelecem entre Carlos e Joaninha e entre Carlos e Fr. Dinis. Contemplando dois fundamentais eixos semânticos (o do **amor**, no primeiro caso, o do posicionamento **social** do herói, no segundo), essas relações evidenciam, antes de mais pela sua própria dualidade, as fracturas que afectam Carlos, fracturas que atingem a unidade de um ser cada vez mais incapaz de conquistar uma unidade perdida ([14]).

3.2.1. *Carlos/Joaninha*

As relações de Carlos com Joaninha parecem talhadas, à primeira vista, para uma harmonia que decorre das afinidades até certo ponto existentes entre ambas as personagens: ambos provêm do Vale de Santarém, lugar de génese e enraizamento de uma condição primordialmente natural; ambos são afectados pela orfandade

---

([14]) Estudando a génese da novela sentimental das *Viagens*, Ofélia Paiva Monteiro rastreou noutros textos garrettianos (alguns deles manuscritos inéditos) vestígios deste motivo da "polivalência interior" que afecta o homem romântico e o protagonista da novela (cf. "Viajando com Garrett pelo Vale de Santarém", separ. do vol. IV das *Actas do V Colóquio Internacional de Estudos Luso-Brasileiros*, Coimbra, 1966; debruçado "pertinazmente sobre os dilemas da vida interior, consciente talvez, qual Pirandello *avant la lettre*, de ser cada indivíduo *uno, nessuno, cento mila* sob o disfarce da sua coerência externa" (loc. cit., p. 15), Garrett denuncia nele mesmo esse estigma da multiplicidade quando, no prólogo das *Viagens*, sublinha a sua multiforme condição de homem que, "como que mudando de natureza", é capaz de interpretar os diferentes papéis de "orador e poeta, historiador e filósofo, crítico e artista, jurisconsulto e administrador, erudito e homem de Estado (...)" ("Prólogo da primeira edição", p. 78).

(cf. p. 168) que sobre eles lança um estigma de solidão e precariedade afectiva; ambos são caracterizados como personagens marcadas por uma sobrecarga emocional e por uma energia oculta, pronta a emergir([15]). O momento em que de forma mais nítida se manifesta a sintonia que entre ambas as personagens existia — que é também o momento em que se aproxima a crise que vai pôr em causa essa sintonia — é aquele em que Carlos e Joaninha, tendo-se reencontrado no Vale de Santarém, são surpreendidos pela realidade da guerra:

> Estremeceram involuntariamente ambos com o som repentino de guerra e de alarme que os chamava à esquecida realidade do sítio, da hora, das circunstâncias em que se achavam... Daquele sonho encantado que os transportara ao Éden querido de sua infância, acordaram sobressaltados... viram-se na terra erma e bruta, viram a espada flamejante da guerra civil que os perseguia, que os desunia, que os expulsava para sempre do paraíso de delícias em que tinham nascido...
> Oh! que imagem eram esses dois, no meio daquele vale nu e aberto, à luz das estrelas cintilantes, entre duas linhas de vultos negros, aqui e ali dispersos e luzindo acaso do transiente reflexo que fazia brilhar uma baioneta, um fuzil... que imagem não eram os verdadeiros e mais santos sentimentos da natureza expostos e sacrificados sempre no meio das lutas bárbaras e estúpidas, no conflito de falsos princípios em que se estorce continuamente o que os homens chamaram *sociedade*! (p. 197).

A posição física em que as personagens momentaneamente se encontram é extremamente significativa: num espaço como que de alheamento e em princípio imune ao ardor da guerra, Carlos e Joaninha revivem por instantes uma condição que deve a sua vitalidade original à paradisíaca pureza do Vale de Santarém, ponto de referência e de enraizamento de uma infância quase esquecida para Carlos, mas inapagável para Joaninha. Esse é, no entanto, um momento fugaz, derradeira manifestação do que são, entre ambas as personagens, afinidades quase desvanecidas: porque a guerra, aqui representando as injunções e violências da Sociedade opressora sobre os "verdadeiros e mais santos sentimentos da natureza"([16]), vem consumar uma separação irreversível:

([15]) Cf. *supra*, pp. 70 ss. e nota ([13])
([16]) Compare-se o tom em que o narrador alude aqui à Sociedade com aquele em que, igualmente de forma depreciativa, se lhe referia, logo no início da obra e no nível da viagem, como "escuma descorada que anda ao de cima das populações, e que se chama a si mesma por excelência a Sociedade (...)" (p. 85).

É sobretudo a partir deste momento que se instala a crise entre Carlos e Joaninha. Uma crise devida fundamentalmente à diferença entre dois percursos de vida: o de Joaninha, marcado pela **estabilidade** que é a fidelidade imutável ao vale de Santarém e aos valores que ele evoca (pureza original, bondade natural, harmonia, etc.); o de Carlos, caracterizado pela **mudança**, ocorrida desde a sua partida do Vale de Santarém, partida que corresponde à perda da pureza original e ao envolvimento na vida social (quer dizer: nas lutas políticas, no trajecto do exílio, etc.), factor de divisão do sujeito e de frustração existencial.

Daí a incompreensão que entre ambos se estabelece, que atinge, por parte de Carlos, o seu momento mais intenso quando o protagonista reflecte sobre os olhos verdes de Joaninha. Sabe-se já que nos olhos de Joaninha concentram-se simbolicamente os valores fundamentais que caracterizam a personagem ([17]); o que agora importa notar é que a reflexão de Carlos apenas é capaz de difusamente entrever esses valores, mas não de apreender a razão de ser de uma cor, o **verde**, que é o dos olhos de Joaninha:

> «Olhos verdes!...
> «Joaninha tem os olhos verdes...
> «Não se reflecte neles a pura luz do céu, como nos olhos azuis.
> «Nem o fogo — e o fumo das paixões, como nos pretos.
> «Mas o viço do prado, a frescura e animação do bosque, a flutuação e a transparência do mar...
> «Tudo está naqueles olhos verdes.
> «Joaninha, porque tens tu os olhos verdes?»)p. 209).

Depois Carlos confronta o verde dos olhos de Joaninha com os olhos azuis de Georgina e com os olhos negros de Soledade; nestes, Carlos ouve e entende uma mensagem que lhe é perceptível: "Amo-te, sou tua!" dizem os olhos de Georgina; "Ama-me, que és meu!", dizem os de Soledade. Os olhos de Joaninha, no entanto, são já inacessíveis à capacidade de compreensão de Carlos:

> Os olhos de Joaninha são um livro imenso, escrito em caracteres móveis, cujas combinações infinitas excedem a minha compreensão.
> Que querem dizer os teus olhos, Joaninha?
> Que língua falam eles? (p. 210).

O simples facto de Carlos operar, mesmo em termos um tanto conturbados, uma reflexão sobre os olhos verdes de Joaninha limita

---

([17]) Cf. *supra*, pp. 76-77.

desde logo e por paradoxal que isso pareça, a sua capacidade de compreensão. É que a reflexão situa-se no campo da razão mais do que no do instinto, no âmbito do raciocínio e não no da emoção espontânea, tudo se passando, pois, como se Carlos quisesse "comunicar" com Joaninha num código que não é o mesmo a que ela se refere — porque Joaninha permaneceu fiel ao Vale de Santarém e à "linguagem" da Natureza, enquanto Carlos partiu e aprendeu a "linguagem" da Sociedade, esquecendo aquela ([18]).

O momento decisivo de instalação do **conflito** em que a crise culmina — um conflito que não se traduz necessariamente em termos violentos — é aquele em que ao derradeiro impulso de atracção se segue um irreversível afastamento:

> O excesso da felicidade aterra e confunde também. Um momento antes, Carlos dera a sua vida por ouvir aquela palavra... um momento depois — oh pasmosa contradição de nossa dúplice natureza! um momento depois dera a vida pela não ter ouvido. No primeiro instante ia lançar-se nos braços da inocente que lhos abria num santo êxtase do mais apaixonado amor; no segundo, tremeu e teve horror da sua felicidade (p. 221).

Aquela palavra ("amo-te") que Joaninha tão naturalmente profere e que tanto assusta Carlos (de novo as duas personagens falam linguagens diferentes) conduz ao afastamento. E este é, definitivamente, o princípio da **morte** de Joaninha:

> Carlos não respondeu nada e olhou para Joaninha com uma indizível expressão de afecto e de tristeza. Os raios de alegria que resplandeciam naquele semblante — agora belo de toda a beleza com que um verdadeiro amor ilumina as mais desgraciosas feições — os raios dessa alegria começaram a amortecer, a apagar-se. A lúcida transparência daqueles olhos verdes turvou-se: nem a clara luz da água marinha, nem o brilho fundo da esmeralda resplandecia já neles; tinham o lustro baço e morto, o polido mate silicioso de uma dessas pedras sem água nem brilho que a arte antiga engastava nos colares de suas estátuas (p. 222).

É novamente nos olhos de Joaninha que se exprime o fundamental da sua condição existencial: os raios de alegria, que dos

---

([18]) Que o registo da reflexão parece inadequado a Joaninha é o que sugere o narrador quando declara, a propósito de outras reflexões de Carlos: "A imagem de Joaninha lá aparecia, de vez em quando, como um raio de luz transiente e mágica, no meio dessoutras visões do passado que a reflexão lhe acordava. Ai! essas era a reflexão que as acordava... aquela vinha espontânea; era repelida, e tornava, e tornava... / Há sua notável diferença nestes dois modos de acudir ao pensamento" (pp. 205-206).

olhos irradiam, "amortecem", instalando-se neles um "lustre baço e morto". Em ambos os vocábulos (no primeiro de forma discreta, no segundo de modo explícito) transparece a morte que espera Joaninha: se no verde dos olhos se anunciava a sua ligação vital e original à pureza da Natureza, no seu brilho perdido anuncia-se agora a morte que necessariamente atingirá a personagem que não abdica de princípios e valores que a Sociedade não tolera.

3.2.2. Carlos/Fr. Dinis

A relação entre Carlos e Fr. Dinis constitui outra das vias de acesso aos fundamentais conflitos que dominam a intriga, neste caso centrando-se esses conflitos sobre a esfera da inserção **social** de Carlos e das tensões históricas e ideológicas que ela arrasta. Os complexos meandros dessa relação entendem-se melhor se atentarmos na personagem Fr. Dinis e nos aspectos mais relevantes do seu percurso biográfico e da sua contextura ideológica.

À figura de Fr. Dinis consagra o narrador dois capítulos (XV e XVI), evidente manifestação da importância de que se reveste a personagem, a diversos títulos. Descrevendo o seu trajecto biográfico, da vida civil à vida monástica, o narrador não desfaz, entretanto, persistentes interrogações que envolvem certos aspectos da vida da personagem num mistério cerrado:

> Como e porque deixara ele o mundo? Como e porque, um espírito tão activo e superior se ocupava apenas do obscuro encargo de guardião do seu convento — cargo que aceitara por obediência — e quase que limitava as suas relações fora do claustro àquela casa do vale onde não havia senão aquela velha e aquela criança?
> Apesar de sua rigidez ascética, prendia esse espírito por alguma coisa a este mundo? Aquele coração macerado do cilício dos pensamentos austeros e terríveis do eterno futuro, consumido na abstinência de todo o gozo, de todo o desejo no presente, teria acaso, viva ainda bastante, alguma fibra que vibrasse com recordações, com saudades, com remorsos do passado? (p. 165).

A sucessão de interrogações, pouco antes do breve parágrafo que encerra o capítulo ("Saibamos alguma coisa dessa vida", p. 166), não se destina apenas a contemplar uma estratégia folhetinesca que faz do estímulo da curiosidade do leitor um procedimento usual. Porque, de facto, a verdade é que, se no capítulo seguinte o narrador aduz alguns elementos biográficos sobre Fr.

Dinis, ele não resolve o mais denso dos mistérios que envolvem a vida do frade: o motivo que bruscamente o levou a enveredar pela vida monástica, abandonando carreira e fortuna; fica apenas insinuado um indício de mau agouro e desgraça, não inédito em obras de Garrett: o facto de ser a sexta-feira o dia em que o frade visita D. Francisca e Joaninha ([19]).

Entretanto, no que ao perfil ideológico de Fr. Dinis diz respeito, o narrador alarga-se em comentários que interessam não só à economia interna da intriga, mas também às suas conexões com o plano da viagem e das digressões em que é pródigo. A uma configuração ética e psicológica feita de austeridade e rigidez de princípios, corresponde um posicionamento ideológico inequivocamente estabelecido sobre três princípios: anti-despotismo, anti-liberalismo e evangelismo:

> O despotismo, detestava-o como nenhum liberal é capaz de o aborrecer; mas as teorias filosóficas dos liberais, escarnecia-as como absurdas, rejeitava-as como perversoras de toda a ideia sã, de todo o sentimento justo, de toda a bondade praticável. Para o homem em qualquer estado, para a sociedade em qualquer forma não havia mais leis que as do decálogo, nem se precisavam mais constituições que o Evangelho: dizia ele. Reforçá-las é supérfluo, melhorá-las impossível, desviar delas monstruoso. Desde o mais alto da perfeição evangélica, que é o estado monástico, há regras para todos ali; e não falta senão observá-las (pp. 162-163).

O que é curioso notar é que, relativamente a uma personagem como esta, claramente distanciada dos valores do Liberalismo, o narrador chega a manifestar uma simpatia discreta, sobretudo quando declara: "Não sei se esta doutrina não tem o quer que seja de um certo sabor independente e livre, se não cheira o seu tanto à

([19]) Muito depois, volta o narrador a referir-se ao mau agouro da sexta-feira:

> E hoje que é sexta-feira?... Mau dia para começar viagem!
> Sexta-feira! Era o dia aziago do nosso vale, da pobre velha cega que aí vivia sua triste vida de dores, de remorsos e desconforto, esperando porém em Deus, conformada com seu martírio: martírio obscuro, mas tão ensanguentado daquele sangue que mana gota a gota e dolorosamente do coração rasgado, devorado em silêncio pelo abutre invisível de uma dor que se não revela, que não tem prantos nem ais.
> Era na sexta-feira que o terrível frade, o demónio vivo daquela mulher de angústia, lhe aparecia tremendo e espantoso diante de seus olhos cegos, elevado pela imaginação às proporções descomunais e gigantescas de um vingador sobrenatural (pp. 308-309).

Sobre a utilização do tempo (e da sexta-feira) como presságio trágico no *Frei Luís de Sousa*, cf. W. Kayser, *Análise e interpretação da obra literária*, 5a. ed., Coimbra, Arménio Amado, 1970, II vol., p. 289.

confiança herética dos reformistas evangélicos"; e acrescenta: "O que sei é que Fr. Dinis a professava de boa fé, que era católico sincero, e frade no coração" (p. 163). É que, no fundo, apesar de em princípio distanciado das crenças anti-liberais por que se rege o frade, o narrador acaba por, contrariadamente embora, reconhecer a razão de Fr. Dinis ao formular reservas quanto a certos aspectos doutrinários do Liberalismo, num tempo histórico, não o esqueçamos, em que se ia evidenciando a razão de ser dessas reservas:

> Quanto às doutrinas constitucionais, não as entendia, e protestava que os seus mais zelosos apóstolos as não entendiam tão-pouco: não tinham senso comum, eram abstracções de escola.
> Agora, do frade é que me eu queria rir... mas não sei còmo (p. 164).

O conflito que entre Carlos e Fr. Dinis se instaura situa-se em parte na esfera do ideológico e provém de um tempo fundamental na vida do protagonista: aquele em que Carlos, tendo concluído a sua formação académica, resolve emigrar. Note-se, entretanto, que as dissensões que entre ambos se estabelecem não se cingem ao plano das opções culturais e ideológicas, sugerido pela autoritária atitude que Fr. Dinis adopta em relação a Carlos ("Proíbo de pensar, sim. Lê no teu Horácio se estás cansado das pandectas") e pela reacção intempestiva do segundo ("Horácio! tenho bom ânimo para ler Horácio agora..."; p. 171).

Em última análise, este enfrentamento oculta um outro, de dimensão familiar e psicológica. Quando Carlos explica à avó a sua decisão de partir, são as motivações políticas que são aduzidas (cf. p. 173); mas não são menos decisivas motivações familiares que Carlos parece ter bem presentes, quando ocorre a sua discussão com Fr. Dinis:

> — «Padre, não jure nem pragueje», interrompeu Carlos com firmeza e serenidade «as suas intenções serão boas talvez... creio que são boas, filhas de um remorso salutar...»
> — «Que dizes tu, Carlos... que disseste?... Oh meu Deus!»
> As cenas tinham mudado: Fr. Dinis parecia o pupilo, a sua voz tinha o som da súplica, já não tremia de ira mas de ansiedade; Carlos, pelo contrário, falava no tom austero e grave de um homem que está forte na sua razão e que é generoso com a sua ofensa. As palavras do mancebo eram agras, via-se que ele o sentia e que procurava adoçá-las na inflexão, que lhes dava (p. 173).

O que fica por esclarecer só mais tarde é aprofundado, quando se dá o desenlace, adquirindo então toda a pertinência esta articulação da instância do **histórico-ideológico** (o conflito de um jovem liberal com um frade do Antigo Regime) com a instância do **familiar** (o conflito de Carlos com um homem que lhe aparece como intruso na família). Só então se entende, à luz da identidade do verdadeiro pai de Carlos (que ele não conhece ainda, quando emigra), a articulação simbólica a estabelecer entre os restritos problemas desta família e os mais amplos problemas da "família" nacional portuguesa, também ela atravessada pelas graves tensões que uma guerra civil deixa supor.

É por isso que o **desenlace** da intriga (o reconhecimento do verdadeiro pai de Carlos e depois a partida definitiva deste último) coincide com decisivos episódios da guerra civil, imediatamente antes da Convenção de Évora-Monte. Trata-se do conjunto de acontecimentos desenrolados nos caps. XXXII a XXXV: o envolvimento quase suicida de Carlos nos derradeiros combates contra as forças absolutistas, os ferimentos que recebe, a chegada de Georgina, depois, no final do cap. XXXIII, o aparecimento de Fr. Dinis, em seguida, já no cap. XXXIV, "a peripécia do drama", conduzindo ao reconhecimento por Carlos do seu verdadeiro pai, Fr. Dinis, aliás Dinis de Ataíde, finalmente a revelação por este das circunstâncias em que matou o pai de Joaninha (tio de Carlos) e o marido da sua amante (mãe de Carlos):

> — «Ambos se juntaram para me assassinar, e me acometeram atraiçoadamente na charneca. Não os conheci; foi de noite escura e cerrada. Defendi-me sem saber de quem, e tive a desgraça de salvar a minha vida à custa da deles. Filho, filho, não queiras nunca sentir o que eu senti, quando pegando, um a um, nesses cadáveres para os lançar ao rio, conheci as minhas vítimas... Era Inverno, a cheia ia de vale a monte: quando abateu e se acharam os corpos já meio desfeitos, ninguém conheceu a morte de que eles morreram; passaram por se ter afogado. Ninguém mais soube a verdade senão eu — e tua infeliz mãe a quem o disse para meu castigo, a quem vi morrer de pesar e de remorsos, que expirou nos meus braços chorando por ele, e maldizendo-me a mim. Não seria bastante castigo, meu filho? — Não foi, não. Este burel que há tantos anos me roça no corpo, estes cilícios que mo desfazem, os jejuns, as vigílias, as orações nada obtiveram ainda de Deus. A sua ira não me deixa, a sua cólera vai até à sepultura sobre mim... Se me perseguirás além dela!...» (p. 271).

Depois disto, Carlos encontra-se à beira de uma derrota existencial que começa praticamente quando acaba a guerra civil, com a Convenção de Évora-Monte. E assim como esta é o epílogo dramático de uma luta entre membros da mesmo família nacional (absolutistas e liberais), também a carta que Carlos escreve a Joaninha, exactamente em Évora-Monte e quando se assina a Convenção (26 de Maio de 1834), constitui o **epílogo** do conflito familiar que o opôs a Fr. Dinis. Entretanto, o alcance total desta interacção intriga familiar/eventos históricos só se entende bem quando se passa à reflexão sobre a ideologia e a sua representação nas *Viagens*.

4. IDEOLOGIA

Uma reflexão sobre a problemática da **ideologia** numa leitura das *Viagens na minha terra* justifica-se por várias razões. Antes de mais, por força da reconhecida interacção estabelecida entre Literatura e Sociedade, interacção particularmente intensa em certos períodos literários e, dentre eles, no Romantismo; escrita num contexto social determinado, influenciada de forma mais ou menos visível por esse contexto social, a Literatura dificilmente ignorará os apelos e injunções que de uma tal circunstância decorrem, assim afirmando a sua inderrogável condição de entidade histórica.

Mesmo quando proclama o seu alheamento em relação à Sociedade e às ideologias, a Literatura está, desse modo, a reconhecer pela negativa o peso das constrições de natureza social: é o que ocorre com movimentos artísticos como o Parnasianismo, caracterizado por concepções que insistentemente afirmam os valores da arte pela arte. No extremo oposto, outros períodos literários, como o Realismo, o Naturalismo ou o Neo-Realismo, veiculam ideologias de teor reformista ou até marcadamente revolucionário e tentam, desse modo, modificar de forma mais ou menos radical a Sociedade.

A componente ideológica que em princípio afecta toda a Literatura não é mais, afinal, do que uma manifestação da irrecusável dimensão semântica do discurso literário. Articulado a partir de um discurso verbal, o discurso literário encontra nesse suporte verbal o instrumento adequado para a representação de sentidos que, no caso da ideologia, se afirmam como sentidos de incidência axiológica e histórica, traduzindo atitudes valorativas e projectos sociais bem definidos [1].

---

[1] Para G. Rocher, a *ideologia* define-se como "um sistema de ideias e de juízos, explícita e genericamente organizado, que serve para descrever, explicar, interpretar ou justificar a situação de um grupo ou de uma colectividade e que, inspirando-se largamente em valores, propõe uma orientação precisa à acção histórica desse grupo ou dessa colectividade" (*Introduction à la sociologie générale: 1. L'action sociale*, Paris, Éditions HMH, 1968, p. 127). Note-se que esta definição do

Por outro lado, a ideologia encerra inevitavelmente uma componente pragmática, quer dizer, envolve uma acção dirigida sobre os seus destinatários: toda a ideologia comporta um projecto de poder, significando isto que quem a concebe ou enuncia deseja condicionar o comportamento daqueles a quem o discurso ideológico se dirige. Se num romance naturalista transparece, por vezes pelo recurso a uma entoação pedagógica, uma concepção determinista do Homem e da Sociedade, essa concepção destina-se também a alertar os leitores para a importância de que se revestem factores como o meio social ou a hereditariedade; e uma obra romântica que valorize os temas da Liberdade e da Justiça social, aponta certamente para cenários sociais transformados em função da aceitação desses valores.

4.1. Discurso ideológico

Pode afirmar-se que o discurso das *Viagens na minha terra* é um **discurso ideológico,** numa dupla acepção: ele é-o antes de mais nos termos genéricos em que toda a prática discursiva envolve uma dimensão ideológica; nessa acepção genérica, dir-se-á do discurso das *Viagens* que ele se traduz num "enunciado capaz de fazer circular, no corpo social em que se inscreve, sentidos que representam, de forma normalmente velada, as directrizes fundamentais de uma ideologia"[2]. Em segunda instância e em termos mais específicos, ver-se-á que o discurso das *Viagens* revela uma propensão insistente para formular juízos de teor ideológico, normalmente disseminados ao longo das frequentes e extensas digressões que o narrador elabora.

Não se tente, no entanto, ler nas *Viagens* uma mensagem ideológica nítida, inteiramente coerente e dogmaticamente expressa. Como discurso artístico que é, o discurso das *Viagens* justamente enuncia a ideologia de forma não raro sinuosa, recorrendo a específicos procedimentos artísticos (o símbolo, a metáfora, a alegoria, a personagem ficcional, etc.) que por vezes ocultam mais do que dizem, sugerem mais do que afirmam[3]. Para além disso, os víncu-

---

conceito de ideologia, perspectivada em termos sociológicos, não exclui outras definições possíveis, centradas noutros domínios de reflexão; cf. o trabalho fundamental de F. Rossi-Landi, *Ideologia*, 2a. ed., Milano, Mondadori, 1982.

[2] C. Reis, *O discurso ideológico do Neo-Realismo português*, Coimbra, Liv. Almedina, 1983, p. 242.

[3] É nesta linha de pensamento que P. Macherey afirma que "na obra é importante o que não está dito", acrescentando que "o que é importante é aquilo

los românticos que nas *Viagens* se observam de modo algum consentiriam postulações ideológicas estabelecidas em absoluto e de forma irreversível: o eclectismo próprio de certos aspectos do Romantismo e da poética garrettiana, bem como a contestação caracteristicamente romântica de verdades incontestáveis, desaconselham, de facto, afirmações ideológicas irrefutáveis.

Pode, pois, falar-se, a propósito das *Viagens*, em **pluridiscursividade**. Irredutível a uma exclusiva função de representação ideológica, o discurso das *Viagens* constrói-se pela calculada articulação de diversos discursos que vêm convergir no enunciado da obra: o discurso político-doutrinário do Liberalismo, o discurso cultural (artístico, filosófico, etc.) do Romantismo, o discurso argumentativo e persuasivo da oratória parlamentar, o discurso ensaístico, o discurso jornalístico, o discurso historiográfico, etc.; e além destes, naturalmente, também o discurso literário propriamente dito, sobretudo quando o relato da viagem dá lugar ao relato da novela, com as categorias e estratégias narrativas que lhe são peculiares.

Em todos estes discursos é possível observar, de forma variavelmente expressiva, as marcas de uma historicidade que traz consigo tensões ideológicas indisfarçáveis[4]. Deliberadamente inscrito na História, o discurso das *Viagens* centra-se também na História como tema[5]. O que agora importa notar é que esse interesse pela História baseia-se, enquanto procedimento de reflexão, num método **dialéctico** de análise; conforme notou A. da Costa Dias e confirmou J. do Prado Coelho, o que das *Viagens* se infere é a noção de que "o acontecer histórico é (...) uma evolução, que não uma simples sucessão de iniciativas e acasos; cada movimento, por uma lógica interna, desdobra-se numa reacção que por sua vez será contrariada e superada"[6]. Daí a natural tendência para valorizar

---

que a obra não pode dizer, pois é aqui que se faz a elaboração duma palavra, uma espécie de marcha para o silêncio" (P. Macherey, *Para uma teoria da produção literária*, Lisboa, Ed. Estampa, 1971, p. 84.
[4] Cf. neste mesmo capítulo as pp. 105 ss.
[5] Cf. *supra*, pp. 62 ss.
[6] J. do Prado Coelho, "A dialéctica da História em Garrett", in *A letra e o leitor*, Lisboa, Moraes, 1977, p. 79; e noutro passo: "Segundo a visão dialéctica da História em Garrett, há sempre uma tensão entre forças antagónicas; mais: toda e qualquer revolução tende a emburguesar-se, a cristalizar, vindo, na sua trajectória, a segregar forças conservadoras que têm de ser vencidas por um novo impulso progressivo" (op. cit., p. 79). Cf. também A. da Costa Dias, "Estilística e dialéc-

os conflitos como enfrentamento de opostos de onde decorre progresso; daí também que um dos grandes conflitos de incidência ideológica representado nas Viagens seja enquadrado num devir histórico bem ligado ao presente do narrador.

4.1.1. *Idealismo/Materialismo*

Referimo-nos aqui à dialéctica Idealismo/Materialismo, representada em vários passos das *Viagens*, mas em especial no início do cap. II e no cap. XIII. Note-se, antes de mais, que uma reflexão centrada no conflito mencionado sintoniza perfeitamente com fundamentais orientações ideológicas românticas. De facto, bem própria do Romantismo foi a tendência para conferir total prioridade ao **ideal** em detrimento do **material**; para o homem romântico, o culto do ideal impelia o sujeito para o infinito e para o absoluto, impulso resultante da enérgica actividade do espírito humano; pelo contrário, o material era o contingente, o concreto que limita essa actividade, um concreto não raro identificado com as mais prosaicas realidades e convenções sociais ([7]).

Nas *Viagens* não só se retoma este conflito, como se valoriza a sua dimensão dialéctica e progressiva:

> Houve aqui há anos um profundo e cavo filósofo de além-Reno, que escreveu uma obra sobre a marcha da civilização, do intelecto — o que diríamos, para nos entenderem todos melhor, o *Progresso*. Descobriu ele que há dois princípios no mundo: o *espiritualismo*, que marcha sem atender à parte material e terrena desta vida, com os olhos fitos em suas grandes e abstractas teorias, hirto, seco, duro, inflexível, e que pode bem personalizar-se, simbolizar-se pelo famoso mito do Cavaleiro da Mancha, D. Quixote; — o *materialismo*, que, sem fazer caso nem cabedal dessas teorias, em que não crê, e cujas impossíveis aplicações declara todas utopias, pode bem representar-se pela rotunda e anafada presença do nosso amigo velho, Sancho Pança.
> Mas, como na história do malicioso Cervantes, estes dois princípios tão avessos, tão desencontrados, andam contudo juntos sempre; ora um mais atrás, ora outro mais adiante, empecendo-se muitas vezes, coadjuvando-se poucas, mas *progredindo* sempre (pp. 90-91).

---

tica", pref. a *Viagens na minha terra*, ed. cit., pp. 21-74; H. Macedo, "As Viagens na Minha Terra e a Menina dos Rouxinóis", in *Colóquio/Letras*, 51, 1979, pp. 15-24.

([7]) Cf. V. M. de Aguiar e Silva, *Teoria da Literatura*, 5.ª ed., Coimbra, Liv. Almedina, 1983, pp. 543-544. Sobre o Idealismo como sistema filosófico veja-se N. Hartmann, *A filosofia do idealismo alemão*, 2a. ed., Lisboa, Fund. C. Gulbenkian, 1983.

O "profundo e cavo filósofo" de que fala o narrador é provavelmente Hegel([8]). Nele e na valorização da dialéctica assenta uma reflexão que agora se inicia e que ao longo das *Viagens* apresentará diversas metamorfoses, aqui embrionariamente representadas; com efeito, sugerir a projecção alegórica da dialéctica Espiritualismo/ /Materialismo em duas personagens literárias como D. Quixote e Sancho Pança, é abrir caminho à utilização de outras personagens literárias (Carlos e Fr. Dinis, Carlos e Joaninha) como signos ideológicos, no contexto de uma reflexão idêntica a esta. Por outro lado, ao encarar o **progresso** na acepção de movimento e evolução, feito de enfrentamentos, avanços e recuos, o narrador prepara-se para ajustar este princípio a um cenário histórico particular: o Portugal do presente do narrador, saído da Guerra Civil, dos conflitos entre liberais e absolutistas e vivendo ainda as sequelas e a evolução, de pendor dialéctico, desses conflitos.

É inegavelmente esse Portugal que está presente na digressão sobre os frades e os barões, um dos momentos de mais intensa reflexão histórica e ideológica das *Viagens*. São essas duas vertentes, a da História e a da ideologia, que o narrador indirectamente sublinha na abertura do cap. XIII:

> Frades... frades... Eu não gosto de frades. Como nós os vimos ainda os deste século, como nós os entendemos hoje, não gosto deles, não os quero para nada, moral e socialmente falando (p.149).

Colocado no tempo histórico que o rodeia, o narrador explana, a partir daqui, juízos ideológicos dialecticamente articulados em torno de duas figuras típicas, em parte assimiladas a figuras literárias já aparecidas anteriormente: "O frade era, até certo ponto, o Dom Quixote da sociedade velha./O barão é, em quase todos os pontos, o Sancho Pança da sociedade nova" (p. 149).

([8]) A sugestão vem de vários comentadores das *Viagens*: José Pereira Tavares, Ofélia Paiva Monteiro e Jacinto do Prado Coelho; conforme observa o último, a *Fenomenologia do Espírito* de Hegel pode ser a mencionada "obra sobre a marcha da civilização, do intelecto" (cf. "A dialéctica da História em Garrett", loc. cit., p. 103). George W. F. Hegel (1770-1831) foi discípulo de Schelling e Holderlin em Tübingen, tendo ensinado mais tarde em Iena, Estugarda e Berlim; autor, além da obra mencionada e entre outras, d' *A Ciência da Lógica*, de uma *Filosofia do Espírito*, de uma *Estética* e de uma *Filosofia da História Universal*, Hegel conferiu, de facto, na sua reflexão filosófica, um papel fundamental à tensão tese-antítese--síntese, núcleo e essência da dialéctica. Sobre Hegel, o seu pensamento e método dialéctico, veja-se N. Hartmann, *A filosofia do idealismo alemão*, ed. cit., segunda parte.

O que no início deste capítulo dizíamos — que nas *Viagens* não se encontram postulados ideológicos dogmaticamente estabelecidos, nem a projecção de esquemas mentais rígidos — confirma-se agora. Perfilhando uma atitude convictamente anti-clerical (recorde-se: os frades "deste século, como nós os entendemos hoje, não gosto deles"), o narrador não deixa de lhes reconhecer, no entanto, uma dimensão artística e poética que tem que ver também com a rejeição das convenções e dos hábitos de vida burguesa instituídos na sociedade oitocentista:

> Nas cidades, aquelas figuras graves e sérias com os seus hábitos talares, quase todos pitorescos e alguns elegantes, atravessando as multidões de macacos e bonecas de casaquinha esguia e chapelinho de alcatruz que distinguem a peralvilha raça europeia — cortavam a monotonia do ridículo e davam fisionomia à população.
>
> Nos campos o efeito era ainda muito maior: eles caracterizavam a paisagem, poetizavam a situação mais prosaica de monte ou de vale; e tão necessárias, tão obrigadas figuras eram em muitos desses quadros, que sem elas o painel não é já o mesmo.
>
> Além disso o convento no povoado e o mosteiro no ermo animavam, amenizavam, davam alma e grandeza a tudo: eles protegiam as árvores, santificavam as fontes, enchiam a terra de poesia e de solenidade (p. 149).

Assim se valoriza nos frades a sua tendência (traduzida na indumentária) para a diferença e a orientação idealista e espiritual do seu ministério, autorizando a assimilação, "até certo ponto", com Dom Quixote, símbolo e projecção alegórica do Idealismo.

Pelo contrário, no barão que ao frade se opõe historicamente (oposição que decorre do anti-clericalismo cultivado pela Revolução liberal de onde provêm os barões), tudo são defeitos: a usura, a estupidez, a sordidez, numa palavra, o Materialismo que permite aproximá-lo de Sancho Pança — "menos na graça..." Desta dialéctica frade/barão deriva uma outra: a que é feita, no presente histórico do narrador, da oposição dos barões ao "ministerial do Progresso" (p. 151) que o narrador declara ser, depositário de valores e crenças autenticamente liberais, degradados pelo barão "usurariamente revolucionário e revolucionariamente usurário" (cf. p. 150). E o narrador explica o que há de inevitável nesta outra contraposição dialéctica:

> Porque, desenganem-se, o mundo sempre assim foi e há-de ser. Por mais belas teorias que se façam, por mais perfeitas constituições com que se comece, o *status in statu* forma-se logo: ou com frades ou com barões ou com pedreiros-livres se vai pouco a pouco organizando uma influência dis-

tinta, quando não contrária, às influências manifestas e aparentes do grande corpo social. Esta é a oposição natural do Progresso, o qual tem a sua oposição como todas as coisas sublunares e superlunares; esta corrige saudavelmente, às vezes, e modera a sua velocidade, outras a empece com demasia e abuso: mas enfim é uma necessidade (p. 151).

Em resumo: opondo-se, por princípio ideológico convictamente assumido, aos erros sociais e morais do frade, ao despotismo a que o frade se aliou por temer o valor e a prática da liberdade ([9]), o narrador não se opõe menos, no presente histórico que tão bem parece conhecer, ao barão. Porque se este "mordeu no frade" (cf. p. 150), fê-lo com o objectivo de desvirtuar os ideais de igualdade, fraternidade e justiça social postulados pela filosofia política do Liberalismo. O que daí parece ter resultado é uma sociedade prosaica, materialista, aburguesada, dominada pela nova oligarquia dos barões, zebrados "de riscas monárquico-democráticas por todo o pêlo" (cf. p. 150), exactamente porque insidiosamente conjugaram monarquia e democracia parlamentar, para construirem um novo poder económico ([10]).

4.1.2. *Natureza/Sociedade*

A dialéctica Natureza/Sociedade constitui um outro importante âmbito de reflexão ideológica, de certo modo relacionado com

---

([9]) Atente-se no seguinte passo:

> Ora o frade foi quem errou primeiro em nos não compreender, a nós, ao nosso século, às nossas inspirações e aspirações: com o que falsificou a sua posição, isolou-se da vida social, fez da sua morte uma necessidade, uma coisa infalível e sem remédio. Assustou-se com a liberdade que era sua amiga, mas que o havia de reformar, e uniu-se ao despotismo que o não amava se não relaxado e vicioso, porque de outro modo lhe não servia nem o servia (p. 151).

([10]) No seu *Portugal contemporâneo*, Oliveira Martins criticou com particular vigor o processo de degenerescência que levou à constituição da oligarquia dos barões (cf. *Portugal contemporâneo*, Lisboa, Guimarães Ed., 1977, II vol., cap. "O Regabofe"). Note-se que episodicamente o narrador ressalva a existência de barões que não se confundem com o tipo social e histórico aqui visado; já no cap. XIII declara que "o [barão] que não tem estes caracteres é espécie diferente, de que aqui se não trata" (p. 150); e mais adiante:

> No caminho encontrámos o nosso antigo amigo, o barão de P. — barão de outro género, e que não pertence à família lineana que nesta obra procurámos classificar para ilustração do século — cavalheiro generoso, e tipo bem raro já hoje da antiga nobreza das nossas províncias, com todos os seus brios e com toda a sua cortesia de outro tempo, que em tanto relevo destaca da grosseria vilã dessas notabilidades improvisadas... (pp. 274-275).

a dialéctica Idealismo/Materialismo. Com efeito, a Natureza pode ser encarada como o espaço ideal de existência do Homem puro e natural, espaço paradisíaco feito de espontaneidade e harmonia ([11]); por sua vez, a Sociedade é o domínio das convenções e das imposições que constrangem a liberdade primordial do indivíduo, espaço de submissão a degradantes interesses materiais. Num longo parágrafo das *Viagens* enuncia-se, em termos particularmente agrestes, a posição crítica do narrador em relação a uma organização social e seus interesses materiais, capazes de reduzirem à frieza dos números o sentido de um progresso que aniquila o indivíduo:

> Não: plantai batatas, ó geração de vapor e de pó de pedra, macadamizai estradas, fazei caminhos de ferro, construí passarolas de Ícaro, para andar a qual mais depressa, estas horas contadas de uma vida toda material, maçuda e grossa como tendes feito esta que Deus nos deu tão diferente do que a hoje vivemos. Andai, ganha-pães, andai; reduzi tudo a cifras, todas as considerações deste mundo a equações de interesse corporal, comprai, vendei, agiotai. — No fundo de tudo isto, o que lucrou a espécie humana? Que há mais umas poucas de dúzias de homens ricos. E eu pergunto aos economistas políticos, aos moralistas, se já calcularam o número de indivíduos que é forçoso condenar à miséria, ao trabalho desproporcionado, à desmoralização, à infância, à ignorância crapulosa, à desgraça invencível, à penúria absoluta, para conduzir um rico? — Que lho digam no Parlamento inglês, onde, depois de tantas comissões de inquérito, já deve de andar orçado o número de almas que é preciso vender ao diabo, o número de corpos que se tem de entregar antes do tempo ao cemitério para fazer um tecelão rico e fidalgo como Sir Robert Peel, um mineiro, um banqueiro, um granjeeiro — seja o que for: cada homem rico, abastado, custa centos de infelizes, de miseráveis (p. 96).

O momento em que nas *Viagens* se reflecte de forma particularmente incisiva sobre a dialéctica Natureza/Sociedade encontra-se no início do cap. XXIV. Lugar estratégico da obra (porque ocupando praticamente o seu centro e porque permitindo, como se verá, a expressa articulação da viagem com a novela), o cap. XXIV abre precisamente com uma asserção enunciada em termos antitéticos:

> Formou Deus o homem, e o pôs num paraíso de delícias; tornou a formá-lo a sociedade e o pôs num inferno de tolices. (p. 212).

([11]) Como é fácil de ver, os sentidos que à Natureza se associam coincidem com os que Joaninha permite evocar, tão estreitas são as conexões entre a personagem e o Vale de Santarém, espaço natural por excelência, no contexto da acção da novela; cf. *supra*, pp. 73-74.

As antíteses paraíso/inferno e delícias/tolices introduzem a dialéctica que em primeira instância opõe a **origem natural** do Homem à sua reconversão (ou segundo nascimento) pela **Sociedade** que o "tem contrafeito, apertando e forçando em seus moldes de ferro aquela pasta de limo que no paraíso terreal se afeiçoara à imagem da divindade" (p. 212). Originalmente puro e bom, o Homem corrompeu-se por força de uma organização social feita de convenções e interdições; condenado a sofrer as constrições que ele mesmo criou, enquanto agente dessa organização social, resta-lhe a nostalgia da natureza perdida e a problemática resolução de um dilema patético:

> E quando as memórias da primeira existência lhe fazem nascer o desejo de sair desta outra, lhe influem alguma aspiração de voltar à natureza e a Deus, a sociedade, armada de suas barras de ferro, vem sobre ele, e o prende, e o esmaga, e o contorce de novo, e o aperta no ecúleo doloroso de suas formas.
> Ou há-de morrer ou ficar monstruoso e aleijão (p. 213).

O dilema que no final deste passo se enuncia traduz o conflito antinómico vivido por muitos heróis românticos e, naturalmente, também por Carlos e Joaninha: o dilema entre, por um lado, a fidelidade a valores primordiais, fidelidade que custa a morte, num mundo (social) incapaz de compreender esses valores, por outro lado, a cedência aos apelos da Sociedade, cedência que equivale a uma degenerescência humilhante.

Os fundamentos filosóficos deste conflito dialéctico vêm, obviamente, de Jean-Jacques Rousseau. Nele e em especial no *Discours sur l'origine de l'inégalité* (1755), já aqui citado([12]), encontra-se aquela que foi uma das mais divulgadas teorias filosóficas do Pré-Romantismo e do Romantismo: a teoria que afirmava que o Homem, vivendo solitário e em estado primitivo e natural, era bom e feliz; depois, quando a organização social começou a insinuar-se, instituiu-se a propriedade como factor de desigualdade entre os homens, origem de divisão e opressão. E o homem, de bom selvagem que era, fez-se ser social, perverso e defeituoso.

([12]) Cf. *supra*, pág. 75, nota ([8]). Sobre a presença de Rousseau em Garrett e nas *Viagens*, veja-se J. do Prado Coelho, "Garrett, Rousseau e o Carlos das 'Viagens'", in *A letra e o leitor*, Lisboa, Moraes, 1977.

4.2. Novela

Enunciadas num discurso eminentemente assertivo, de recorte ensaístico e filosofante, as afirmações até agora comentadas configuram uma ideologia de filiação filosófica idealista e identificada, no plano dos projectos histórico-políticos, com um Liberalismo de intenção igualitária, não degradado por distorções aos seus valores mais autênticos. Todavia, tais princípios ideológicos permaneceriam no abstracto das digressões, se não fossem incorporadas na prática de comportamentos palpáveis. É na novela e nas suas personagens que esses comportamentos se encontram.

Confirma-se assim o que se disse já: em vez de mera actividade lúdica, de puro lazer e entretenimento, a novela desempenha um importante papel de demonstração de teses de recorte ideológico. Logo no cap. XXIV é flagrante essa função: depois de iniciar a comentada reflexão sobre o Homem natural e o Homem social, o narrador reintroduz o protagonista da novela em termos que não deixam dúvidas sobre a sua relação com a digressão:

> Poucos filhos do Adão social tinham tantas reminiscências da outra pátria mais antiga, e tendiam tanto a aproximar-se do primitivo tipo que saíra das mãos do Eterno, forcejavam tanto por sacudir de si o pesado aperto das constrições sociais, e regenerar-se na santa liberdade da natureza, como era o nosso Carlos.
> Mas o melhor e o mais generoso dos homens segundo a sociedade, é ainda fraco, falso e acanhado.
> Demais, cada tentativa nobre, cada aspiração elevada de sua alma lhe tinha custado duros castigos, severas e injustas condenações desse grande juiz hipócrita, mentiroso e venal... o mundo (p. 213).

Trata-se de um momento crucial da obra e da novela, em dois aspectos pelo menos: no que diz respeito ao processo de representação ideológica, processo que tende a persuadir o receptor da pertinência das afirmações imediatamente antes expendidas; ao mesmo tempo, no que concerne à evolução da personagem Carlos, evolução em que o momento da aquisição do estatuto social não anula a nostalgia pelo estado natural perdido. Como antes se dizia ("E quando as memórias da primeira existência lhe fazem nascer o desejo de sair desta outra..."), resta à personagem, em vias de se transformar num ser "monstruoso e aleijão", a nostalgia dessa condição natural perdida; uma nostalgia que justamente sobrevém quando se dá o reencontro de Carlos com o Vale de Santarém e com Joaninha, espaço e personagem naturais por excelência ([13]); a mesma nostalgia que já antes desse reencontro, quando o protagonista vivia o exílio britânico, activou reminiscências capazes de restaurarem, na mente do sujeito que vai cedendo às solicitações da Sociedade, a imagem do Paraíso perdido:

> Seria efeito de sua inexaurível piedade que talvez quis acudir à minha alma antes que se perdesse, seria por certo — pois nesse mesmo instante distintamente me apareceu diante dos olhos de alma a única imagem que podia chamá-la do abismo: era a tua, Joana! Era a minha Joaninha pequena, inocente, aquele anjinho de criança, tão viva, tão alegre, tão graciosa que eu tinha deixado a brincar no nosso vale: o nosso vale rústico, tão grosseiro e tão inculto! oh como as saudades dele me foram alcançar no meio daquelas alinhadas e perfeitas belezas da cultura britânica! Os raios verdes de teus olhos, faiscantes como esmeraldas, atravessaram o espaço, e foram luzir no meio daqueloutros lumes que me cegavam. A esteva brava, o tojo áspero da nossa charneca mandavam-me ao longe as exalações de seu perfume agreste, e matavam o suave cheiro do feno macio dessas relvas sempre verdes que me rodeavam. As folhas crespas, secas, alvacentas das nossas oliveiras como que me luziam por entre a espessura cerrada da luxuriante vegetação do norte, prometendo-me paz ao coração, anunciando-me o fim de uma peleja em que mo dilaceravam as paixões (pp. 324-325) ([14]).

Pode inferir-se o que no domínio da análise da representação ideológica nos interessa: que a novela funciona, de facto, como demonstração de teses enunciadas ao longo das digressões e que essa demonstração passa sobretudo pela análise das relações entre as personagens, relações que importa retomar agora a uma nova luz ([15]).

Reencontramos aqui o procedimento dialéctico que enforma os mais relevantes aspectos da representação da ideologia nas *Viagens*. Com efeito, as relações entre Carlos e Fr. Dinis, e entre Carlos

---

([13]) Mais tarde, quando na carta autobiográfica faz o balanço da sua existência, Carlos reconhece que o Vale de Santarém e Joaninha exerceram sobre ele um fugaz efeito regenerador:

> Cheguei por fim ao nosso vale, todo o passado me esqueceu assim que te vi. Amei-te... não, não é verdade assim. Conheci, mal que te vi entre aquelas árvores, à luz das estrelas, conheci que era ti só que eu tinha amado sempre, que para ti nascera, que teu só devia ser, se eu ainda tivera coração que te dar, se a minha alma fosse capaz, fosse digna de juntar-se com essa alma de anjo que em ti habita (p. 334).

([14]) Note-se que, embora evocado no epílogo que é a carta de Carlos a Joaninha, este episódio refere-se a um tempo anterior ao regresso de Carlos ao Vale de Santarém e ao seu reencontro com Joaninha.

([15]) Cf. *supra*, pp. 80 ss. e 84 ss.

e Joaninha, assumem um vigor persuasivo considerável, do ponto de vista do seu significado ideológico, na medida em que funcionam como **dialéctica**; no enfrentamento Carlos/Fr. Dinis encontra-se fundamentalmente representado o conflito entre posições ideológicas antagónicas: o Liberalismo que Carlos protagoniza contra o Antigo Regime que em Fr. Dinis se adivinha. Mas sendo certo que no interior de uma relação dialéctica existem novos conflitos latentes, é possível já entrever aqui uma nova dialéctica: a dialéctica Idealismo (Fr. Dinis)/Materialismo (Carlos degradado) ou, noutros termos, a dialéctica frade/barão. Como escreveu Helder Macedo: "Cada um deles — Fr. Dinis e Carlos — representa D. Quixote e Sancho Pança em fases diferentes das suas vidas. Frei Dinis, que começou por ser 'materialista' porque presa das paixões, espiritualizou-se através do remorso no frade austero em que veio a tornar-se; Carlos, após ter lutado pelos ideais do liberalismo, corrompeu-se e cedeu à matéria ao tornar-se barão"([16]).

Ganha assim especial acuidade a reflexão enunciada no cap. XIII([17]). Compreende-se agora, à luz do desenvolvimento da novela, que a intriga, o desenlace e o epílogo que nela se encontram, constituem a concretização de teses anteriormente enunciadas e, por isso, a confirmação da sua veracidade. Por outro lado, a intriga amorosa vivida por Carlos e Joaninha confirma, de forma particularmente expressiva, uma outra incompatibiliade de valores: a que se enuncia no início do cap. XXIV, concretamente o conflito que opõe o Homem natural ao Homem social. Transferida para o contexto da novela, essa incompatibilidade revê-se na progressiva tensão existente entre uma Joaninha inamovivelmente fiel aos valores da Natureza e um Carlos progressivamente atraído pela Sociedade.

Se, entretanto, ponderarmos o envolvimento histórico que caracteriza a intriga da novela, as teses ideológicas em questão assumem uma outra dimensão. Com efeito, se nos lembrarmos de que o percurso de Carlos e o seu conflito com Fr. Dinis decorrem em estreita conexão com os acontecimentos que levam à vitória do Liberalismo, poderemos ler na intriga da novela uma transposição à escala reduzida de um conflito de ampla dimensão histórica. Para se ver até que ponto é efectiva essa conexão entre novela e História,

---

([16]) H. Macedo, "As Viagens na Minha Terra e a Menina dos Rouxinóis", in *Colóquio/Letras*, 51, 1979, p. 18.

([17]) Cf. *supra*, pp. 93-95.

basta acompanhar em paralelo certas referências de incidência histórica que naquela são feitas e os principais eventos em que se traduziu a guerra civil ([18]):

	Referências históricas	Factos históricos
1830	Passara porém do seu meio o memorável ano de 1830, e Carlos, que se formara no princípio daquele verão, tinha ficado por Coimbra e por Lisboa, e só por fins de Agosto voltara para a sua família. E veio triste, melancólico, pensativo, inteiramente outro do que sempre fora, porque era de génio alegre e naturalmente amigo de folgar, o mancebo (pp. 170-171).	Garrett exilado na Inglaterra. Morte de D. Carlota Joaquina. O marquês de Palmela na Ilha Terceira: Regência confirmada por D. Pedro. Resistência na Terceira aos ataques absolutistas. Medidas legislativas pela Regência da Terceira.
1830-31	No outro dia de manhã muito cedo, abraçado com a avó e com a priminha que se desfaziam em lágrimas, Carlos dizia o último adeus àquela querida casa, àquele amado vale em que fora criado... Nessa noite estava em Lisboa, daí a poucos dias em Inglaterra, e daí a alguns meses na Ilha Terceira (p. 174).	A causa liberal alastra nos Açores. D. Pedro abdica em D. Pedro II (Brasil). Pronunciamento liberal abortado em Lisboa; A. Herculano exila-se.

([18]) O intuito deste paralelo entre cenário da novela e História do Liberalismo não é o de tentar ler os eventos ficcionais como pura reprodução submissa de factos históricos. Se de um modo geral a ficção não tem, na sua lógica própria, que respeitar a letra da História, muito menos o sentiu Garrett como obrigação; longe disso, declarou mesmo, na "Memória ao Conservatório Real": "Eu sacrifico às musas de Homero, não às de Heródoto: e quem sabe, por fim, em qual dos dois andares arde o fogo de melhor verdade!" E mais adiante: "Nem o drama, nem o romance, nem a epopeia são possíveis, se os quiserem fazer com a Arte de Verificar as Datas na mão" in *Obras de Almeida Garrett*, Porto, Lello, 1963, vol. II, p. 1085). A história dos antecedentes, desenvolvimento e consequências do Liberalismo em Portugal pode ler-se em A. H. de Oliveira Marques, *História de Portugal*, 2.ª ed., Lisboa, Palas Ed., 1979, vol. II, cap. "A Monarquia Constitucional", e também no *Dicionário de História de Portugal*, org. por Joel Serrão, Lisboa, Iniciativas Ed., 1979, III vol., pp. 505-517 (artigos "Liberais, Guerras" e "Liberalismo"). Consultem-se ainda no *Portugal Contemporâneo* de Oliveira Martins os Livros Primeiro a Quarto.

	Referências históricas	*Factos históricos*
1832	—«Não prometa senão o que pode cumprir. "Seu neto está com esses desgraçados que vieram das ilhas, é dos que desembarcaram no Porto...» (p. 157) Passaram-se aqueles oito dias no vale, não já como se tinham passado tantas outras semanas em vagas tristezas, em desconsolação e desconforto, mas em positiva ansiedade e aguda aflição pela certeza que trouxera o frade de se achar Carlos no Porto fazendo parte do pequeno exército de D. Pedro. Incertos rumores, daqueles que percorrem um país em tempos semelhantes e que aumentam e exageram, confundem todos os sucessos, tinham chegado até às pacíficas solidões do vale com as notícias de combates sanguinários, de comoções violentas, de desacatos sacrílegos, de vinganças e represálias atrozes tomadas pelos agressores, retribuídas pelos que se defendiam (p. 175).	D. Pedro em Inglaterra e França: assume o comando da causa liberal; dirige-se à Terceira. Legislação de Mouzinho da Silveira. O exército liberal parte dos Açores (Março de 1832). Desembarque no Mindelo e entrada no Porto. Os absolutistas cercam o Porto.
1833	No entanto a guerra civil progredia; e depois de suas tremendas peripécias, o grande drama da Restauração chegava rapidamente ao fim. Eram meados do ano de 33, a operação do Algarve sucedera milagrosamente aos constitucionais, a esquadra de D. Miguel fora tomada, Lisboa estava em poder deles. Os tardios e inúteis esforços dos realistas para retomar a capital tinham ocupado o resto do Verão. Já Outubro se descoroava de seus últimos frutos, e as folhas começavam a empalidecer e a cair,	Expedição marítima do duque da Terceira: desembarque no Algarve. Vitória naval dos liberais sobre os absolutistas (Cabo de S. Vicente). Derrota do exército miguelista em Lisboa: entrada dos liberais em Lisboa (24 de Julho). Reconhecimento do regime liberal pela Inglaterra e França.

	Referências históricas	*Factos históricos*
1833	quando uma sexta-feira, ao pôr--do-Sol, Fr. Dinis aparecia no vale mais curvado e mais trémulo que nunca. Vinha do exército realista que então cercava Lisboa (p. 182).	
	Neste momento Joaninha, que passeava a alguma distância da casa na direcção de Lisboa, acudiu sobressaltada bradando: — «Avó, avó!... tanta gente que aí vem! soldados e povo... homens e mulheres... tanta gente! Era a retirada de onze de Outubro. — «Deus tenha compaixão de nós!» disse a velha. «O que será padre?» — «O que há-de ser!» respondeu Fr. Dinis, «o meu pressentimento que se verifica; o combate foi decisivo, os constitucionais vencem» (p. 185).	Recontros entre liberais e absolutistas. As forças absolutistas levantam o cerco do Porto e marcham para o sul.
	As tropas constitucionais vinham em seguimento dos realistas, e dali a poucos dias tinham o seu quartel-general no Cartaxo; D. Miguel fortificava-se em Santarém, e a casa da velha era o último posto militar ocupado pelo seu exército (p. 185)	Recontros entre liberais e absolutistas.
	E pouco a pouco, os combates, as escaramuças, o som e a vista do fogo, o aspecto do sangue, os ais dos feridos, o semblante desfigurado dos mortos — a guerra enfim em todas as as suas formas, com todo o seu palpitante interesse, com todos os terrores, com todas as esperanças que a acompanham se lhes tornou uma coisa familiar, ordinária... (p. 187).	

	Referências históricas	Factos históricos
1834	Assim passaram meses, assim correu o Inverno quase todo, e já as amendoeiras se toucavam de suas alvíssimas flores de esperança, já uma depois de outra, iam renascendo as plantas, iam abrolhando as árvores; logo vieram as aves trinando seus amores pelos ramos... insensivelmente era chegado o meio de Abril, estávamos em plena e bela Primavera (p. 187).	Últimas batalhas entre liberais e absolutistas: Almoster (18 de Fevereiro)
	Nessa mesma noite, a ordenada confusão de um grande movimento de guerra reinava nos postos dos constitucionais. À longa apatia de tantos meses sucedia uma inesperada actividade. Preparavam-se os sanguinolentos combates de Pernes e de Almoster, que não foram decisivos logo, mas que tanto apressaram o termo da contenda (p. 253).	Preparam-se os combates finais entre liberais e absolutistas.
	Combateu-se larga e encarniçadamente — como entre irmãos que se odeiam de todo o ódio que já foi amor — o mais cruel ódio que tem a natureza! (p. 254) — «Ouves esse burburinho confuso, Carlos? É a tua causa que triunfa, é a destes loucos que sucumbe, é a de Deus que a si mesmo se desamparou. A hora está chegada, escreveram-se as letras de Baltasar, a confusão e a morte reinam sós e senhoras na face da terra» (p. 265).	Batalha de Asseiceira (16 de Maio).
	— «O resto do exército realista evacua neste momento Santarém; vão em fuga para o Alentejo. Os constitucionais venceram na Asseiceira, e tudo está dito para nós. Para mim, Carlos, falta uma palavra só: quererás tu dizê-la?» (p. 266)	Retirada de D. Miguel para Évora.
	Daí a três dias, veio uma carta dele, de junto de Évora onde estava com o exército constitucional (p. 272).	Convenção de Évora-Monte (26 de Maio) e rendição dos absolutistas: partida de D. Miguel para o estrangeiro.

Trata-se, pois, de considerar de novo o conflito Carlos/Fr. Dinis à luz de um contexto histórico-político dominado pelas fracturas que dividem liberais e anti-liberais. Recordemos o seguinte: na novela, quando do desenlace (cf. pp. 267 ss.), Carlos apercebe-se de que o homem com quem estava em conflito insolúvel era, afinal, seu pai; do mesmo modo, o drama da guerra civil em que o mesmo Carlos se encontra envolvido, é também esse: o drama de uma luta que divide duas gerações históricas que se sucedem no tempo e que, no ardor da guerra, parecem momentaneamente esquecidas dessa sua condição de membros da mesma família nacional.

Numa guerra civil o vencedor é sempre, de certo modo, também vencido, porque construiu o seu triunfo sobre a derrota dos seus compatriotas. É o narrador quem o sugere, a propósito daquela "triste guerra", quando visita os campos onde se travou a batalha de Almoster:

> Toda a guerra civil é triste.
> E é difícil dizer para quem mais triste, se para o vencedor ou para o vencido.
> Ponham de parte questões individuais, e examinem de boa fé: verão que, na totalidade de cada facção em que a nação se dividiu, os ganhos, se os houve para quem venceu, não balançam os padecimentos, os sacrifícios do passado, e menos que tudo, a responsabilidade pelo futuro... (pp. 124-125).

A resolução da dialéctica Carlos/Fr. Dinis, enquanto representação em escala reduzida de um conflito histórico muito mais amplo, traduz precisamente um sentimento de derrota, expresso na importante carta a Joaninha, cúpula e fecho de uma reflexão ideológica sinuosa, mas por isso mesmo extremamente expressiva. Recorde-se o início da carta:

> É a ti que escrevo, Joana, minha irmã, minha prima, a ti só.
> Com nenhum outro dos meus não posso nem ouso falar.
> Nem eu já sei quem são os meus: confunde-se, perde-se-me esta cabeça nos desvarios do coração. Errei com ele, perdeu-me ele... Oh! bem sei que estou perdido.
> Perdido para todos, e para ti também. Não me digas que não; tens generosidade para o dizer, mas não o digas. Tens generosidade para o pensar, mas não podes evitar de o sentir.
> Eu estou perdido.
> E sem remédio, Joana, porque a minha natureza é incorrigível. Tenho energia de mais, tenho poderes de mais no coração. Estes excessos dele me mataram... e me matam! (p. 312).

O lugar e data da carta são, desde logo, significativos. O mês de Maio (no dia 26) e Évora-Monte são o tempo e o lugar onde se assina a convenção que assinala a vitória dos liberais sobre os absolutistas; ao iniciar uma carta escrita em tal momento e em tal lugar, Carlos, combatente pelos ideais do Liberalismo, parece em condições de enunciar uma mensagem triunfalista e eufórica. Não é isso que ocorre: o tom de desencanto e derrota moral que encontramos, só à primeira vista é inesperado. No fundo, esse tom decorre, antes de mais, da extrema confusão em que se encontra o sujeito que pouco tempo antes descobriu no seu maior inimigo o seu próprio pai (lembre-se: "nem eu já sei quem são os meus"([19])); e num outro plano, ele é o combatente liberal que acaba de conquistar uma vitória que, afinal, traz consigo o sabor amargo de ter sido conseguida também no seio da sua própria família nacional. Um e outro facto (o reconhecimento de que Fr. Dinis é seu pai; o reconhecimento de que os adversários políticos do Liberalismo são os seus compatriotas) concorrem, pois, para, incutirem no discurso de Carlos esse tom pessimista e derrotista que naturalmente é alimentado por um outro veio de problemas e reflexões: as que decorrem da incompatibilidade com Joaninha, de quem Carlos se distanciou quando se fez Homem social:

> Tu não compreendes isto, Joaninha, não me entendes decerto; e é difícil. És mulher, e as mulheres não entendem os homens. Sempre o entrevi, hoje sei-o perfeitamente. A mulher não pode nem deve compreender o homem. Triste da que chega a sabê-lo!... (p. 313).

Não se leia nestas palavras um discurso anti-feminista, de desqualificação da mulher e de afirmação da superioridade do homem. Do que aqui se trata é de reconhecer amargamente essa incompatibilidade entre o sujeito enquanto **entidade social** (Carlos) e o sujeito enquanto **entidade natural** (Joaninha), incompatibilidade que tem nas duas personagens a sua realização concreta, mas que remete

---

([19]) Recorde-se que a escrita desta carta ocorre muito pouco tempo depois da cena do reconhecimento, no final do cap. XXXV:

> Carlos é que não proferiu mais palavras; tinha-se-lhe rompido corda no coração, que ou lhe quebrara o sentimento ou lho não deixava expressar. Saiu da cela fazendo sinal que vinha logo: mas esperaram-no em vão... não tornou.
> Daí a três dias, veio uma carta dele, de junto de Évora onde estava com o exército constitucional (p. 272).

para o mais amplo plano da dialéctica Homem natural/Homem social, abordada no início do cap. XXIV ([20]).

O reconhecimento por Carlos da incontrolável super-energia que o afecta, desses fatais excessos vitais que o atingem, tudo isso remete para um desencontro inconciliável: o desencontro entre a força do **ideal** (o ideal do Liberalismo e dos seus valores, o ideal da Natureza) e o prosaico do concreto e **material**, isto é, a prática política que tentará viabilizar o Liberalismo, mas que acabará por produzir uma decadência de valores que os barões eloquentemente ilustram, bem como a vida social que posterga a origem natural de Carlos ([21]). Isso mesmo sabe-o o narrador, em 1843, ao organizar o relato como um todo afinal perfeitamente coerente, dotado de uma harmonia interna que deve muito à capacidade de articulação do nível diegético (viagem) com o nível hipodiegético (novela), de modo a que se reconheça neste último a pertinência de afirmações expendidas no plano da viagem. Uma articulação que, no que ao epílogo da novela se refere, remete para a dialéctica frade/barão, muito antes enunciada, momentaneamente resolvida pelo triunfo dos barões e pelo desvirtuamento dos ideais liberais. É desse desvirtuamento que Carlos acaba por ser protagonista, quando anuncia a Joaninha, sacrificada pela sua fidelidade à Natureza original ([22]), a futura condição de político e agiota que há-de ser a sua — assim

---

([20]) Pelo menos dois passos das *Viagens* confirmam estas afirmações: quando descreve o Vale de Santarém a que Joaninha está estreitamente ligada, o narrador declara: "Imagina-se por aqui o Éden que o primeiro homem habitou com a sua inocência e com a virgindade do seu coração" (p. 132); depois, quando Carlos se interroga acerca dos olhos verdes de Joaninha, a reflexão inflecte também para o plano geral, nestes termos: "Os olhos do primeiro homem deviam de ser verdes" (p. 210).

([21]) Lilian R. Furst referiu-se ao individualismo egocêntrico do herói romântico em termos que facilmente se reencontram em Carlos: falando numa "inabilidade para adaptar o 'ego' às solicitações do envolvimento exterior [numa] dissonância e tensão entre o ideal e o real" que afectam o herói romântico, L. Furst descreve assim a tragédia que o atinge: "O seu egotismo é tal que perverte todos os seus sentimentos no fundo dele mesmo, já que tudo e todos são avaliados só em função desse precioso 'eu', o foco de toda a sua energia" (*Romanticism in perspective*, London, Macmillan, 1972, pp. 97 e 99).

([22]) É Fr. Dinis, em conversa com o narrador, quem o anuncia: "Joaninha enlouqueceu e morreu" (p. 336).

dando de novo razão ao narrador e à sua análise da nova e perversa ordem económica instaurada depois da vitória do Liberalismo ([23]):

> Eu, que nem morrer já posso, que vejo terminar desgraçadamente esta guerra no único momento em que a podia abençoar, em que ela podia felicitar-me com uma bala que me mandasse aqui bem direita ao coração, eu que farei?
> Creio que me vou fazer homem político, falar muito na pátria com que me não importa, ralhar dos ministros que não sei quem são, palrar dos meus serviços que nunca fiz por vontade; e quem sabe?... talvez darei por fim em agiota, que é a única vida de emoções para quem já não pode ter outras (p. 335).

4.3. Conclusão

A posição que o narrador adopta em relação às questões ideológicas analisadas define-se naturalmente desde os termos em que o seu discurso enuncia as fundamentais digressões das *Viagens*, neste capítulo analisadas já: referimo-nos aos comentários depreciativos à figura do barão, ao tom em que alude à segunda génese do Homem, feito entidade social, também às atitudes adoptadas relativamente a problemas de ordem social e cultural como a falta de autenticidade da literatura romântica, a degradação dos monumentos nacionais ou as perniciosas influências do francesismo, aspectos estes de uma genérica atitude ideológica de teor nacionalista ([24]), bem própria do Romantismo garrettiano.

No final da obra, lugar de concentração de sentidos conclusivos, não é só a carta de Carlos a Joaninha que assume uma feição epilogal. Assume-a também a conversa do narrador com Fr. Dinis; num mesmo lugar, a casa do Vale de Santarém, e num mesmo tempo, a sexta-feira, "dia aziago do nosso vale" (p. 308), em que o

---

([23]) Trata-se de um problema que o Garrett homem político sentia com especial agudeza. Como notou Ofélia Paiva Monteiro, a concepção e composição das *Viagens* ocorreram quando o escritor, outrora empenhado na Revolução de Setembro, se encontrava em viva oposição ao Cabralismo: "Apesar de notórios empreendimentos, certas medidas [do governo de Costa Cabral], corajosamente denunciadas pelo Escritor em frequentes intervenções parlamentares, pareciam destinadas a fazer retrogradar o País aos tempos do Portugal-velho, inconciliável com a lei do Progresso" ("Introdução" a *Viagens na minha terra*, 2.ª ed., Coimbra, Atlântida, 1973, p. 11). A viagem a Santarém empreendida por Garrett foi motivada justamente por um convite de Passos Manuel, amigo do escritor e líder do Setembrismo.

([24]) Cf. *supra*, pp. 54 ss. e 59 ss.

narrador empreende o regresso, convergem entidades que em princípio se localizavam em planos diegéticos autónomos: o narrador-viajante (nível diegético) e Fr. Dinis (nível hipodiegético) ([25]). Dessa convergência resulta um diálogo extremamente significativo, antes de mais porque ele conduz, como sabemos já, à revelação e transcrição da carta de Carlos, também porque ele permite conhecer o destino das personagens depois do desenlace: a morte de Joaninha, a conversão de Georgina ao Catolicismo e a sua entrada para um convento, o envolvimento de Carlos na vida política.

Estes factos, conjugados com o que na carta se diz são já de si significativos, pelo que confirmam: a fidelidade de Joaninha aos seus ideais, conduzindo-a à morte, e a perversão de Carlos, cedendo às solicitações da vida social; ou noutros termos: a concretização desse dilemático conflito que divide o Homem natural na sua relação com a Sociedade: "Ou há-de morrer ou ficar monstruoso e aleijão" (p. 213).

Ao mesmo tempo, o diálogo final, já no cap. XLIX, permite ao narrador esboçar o seu próprio posicionamento ideológico. Um posicionamento que algo tem que ver com a posição subjectiva perfilhada pelo mesmo narrador em relação ao seu interlocutor ([26]) e influenciado também pelo tempo histórico em que decorre a viagem: cerca de dez anos depois da guerra civil e do triunfo da causa liberal em que o narrador esteve também empenhado ([27]), confirma-se agora, depois de diversas sugestões anteriores, uma sua atitude de cepticismo e desencanto relativamente ao que resultou da prática política do Liberalismo, dominada pelos barões. Naquilo que constitui uma espécie de ironia trágica, o narrador acaba por convergir na mesma posição em que se encontra Fr. Dinis, em princípio provindo de um campo ideológico oposto; depois de se referir a "um dos tais papéis liberais" em que se dizia que o barão é o sucedâneo dos frades, Fr. Dinis comenta:

— «Bem escrito e com verdade. Tivemos culpa nós, é certo; mas os liberais não tiveram menos».
— «Errámos ambos».

([25]) Recorde-se o que no cap. I escrevemos sobre este movimento de *metalepse:* cf. *supra*, p. 37.
([26]) Cf. *supra*, pp. 84-86.
([27]) Recorde-se o seguinte passo, em que o narrador confessa a Fr. Dinis: "Fui camarada de Carlos, não o vejo há muitos anos e..." (p. 336).

— «Errámos e sem remédio. A sociedade já não é o que foi, não pode tornar a ser o que era; — mas muito menos ainda pode ser o que é. O que há-de ser, não sei. Deus proverá».
Dito isto, o frade benzeu-se, pegou no seu breviário e pôs-se a rezar. A velha dobava sempre, sempre. Eu levantei-me, contemplei-os ambos alguns segundos. Nenhum me deu mais atenção nem pareceu cônscio da minha estada ali (p. 337).

Pode, pois, dizer-se, com Ofélia Paiva Monteiro, que, "dando-se como antigo amigo do novo 'barão' — Carlos —, o narrador demarca-se, porém, do vulto disforme em que se transformou o estudante liberal que conhecera. Esclarecido pela experiência portuguesa e pela reveladora viagem realizada, não é um 'desesperado': tem dentro dele a falar-lhe, dum modo que lhe abre o horizonte, 'o Evangelho', o 'coração' e a 'mãe' que lhos explicou ambos"([28]).

Este antigo conhecimento do narrador com Carlos e o seu afastamento relativamente ao que ele é no presente, sugerem, entretanto, alguma coisa mais. O narrador-viajante, em princípio vinculado a um certo nível narrativo (o diegético, em que se conta a viagem), revela, por fim, a sua relação com essa personagem do nível hipodiegético (novela); homologicamente é possível admitir uma outra relação: entre o narrador-viajante que "sabe sentir a beleza do Vale e se revolta com a ruína de Santarém"([29]), e o autor real Almeida Garrett, eventualmente próximo (cultural e ideologicamente) desse narrador-viajante e indubitavelmente interessado em fazer da obra que concebeu e escreveu um instrumento activo de intervenção no espaço histórico e social em que vive e que (como Carlos...) tentou reformar dez anos antes, nos tempos ardentes dos combates pelo Liberalismo.

A partir daqui, pouco mais há a acrescentar. A não ser que aquele sonho em que o narrador revê "o frade, com a velha e com uma enorme constelação de barões" (p. 337), esse sonho pode trazer consigo ainda uma derradeira mensagem para o leitor: assim como o universo imaginário do sonho foi buscar ao real observado os elementos de que se nutriu (o frade, a velha, os barões), também a realidade, no concreto das suas práticas políticas, sociais e culturais, pode colher da novela lições extremamente persuasivas.

([28]) Ofélia P. Monteiro, "Ainda sobre a coesão estrutural de 'Viagens na minha terra'", in *Afecto às letras. Homenagem da Literatura Portuguesa contemporânea a Jacinto do Prado Coelho*, Lisboa, Imprensa Nacional-Casa da Moeda, 1984, p. 578.
([29]) Cf. Ofélia P. Monteiro, loc. cit.

BIBLIOGRAFIA

1. O Romantismo em Portugal

CHAVES, Castelo Branco — *O romance histórico no Romantismo português*, Lisboa, Inst. de Cultura Portuguesa, 1979.

DELILLE, M. Manuela Gouveia — *A recepção literária de H. Heine no Romantismo português (de 1844 a 1871)*, Lisboa, Imprensa Nacional-Casa da Moeda, 1984.

Estética do Romantismo em Portugal, Lisboa, Centro de Estudos do Século XIX do Grémio Literário, 1974.

FERREIRA, Alberto — *Perspectiva do Romantismo português*, 3.ª ed., Lisboa/ Porto, Litexa Portugal, s/d.

FRANÇA, José-Augusto — *O Romantismo em Portugal. Estudo de factos socio-culturais*, Lisboa, Livros Horizonte, 1974-75, 6 vols.

HOURCADE, Pierre — "A segunda geração de Coimbra e a revista 'A Folha' (1868- -1873)", in *Temas de Literatura Portuguesa*, Lisboa, Moraes Ed., 1978.

LOURENÇO, Eduardo — «Do Romantismo como mitos aos mitos do Romantismo», in *Colóquio/Letras*, 30, 1976, pp. 5-12.

MACHADO, Álvaro Manuel — *As origens do Romantismo em Portugal*, Lisboa, Inst. de Cultura Portuguesa, 1979.

MACHADO, Á. Manuel — *Les Romantismes au Portugal. Modèles étrangers et orientations nationales*, Paris, Fondation Calouste Gulbenkian/Centre Culturel Portugais, 1986.

MACHADO, A. Manuel — *O Romantismo na poesia portuguesa (de Garrett a Antero)*, Lisboa, Inst. de Cultura e Língua Portuguesa, 1986.

MACHADO, Álvaro Manuel (ed.) — *Poesia romântica portuguesa*, Lisboa, Imprensa Nacional — Casa da Moeda, 1982.

MONTEIRO, Ofélia Paiva — «Le rôle de Victor Hugo dans la maturation du Romantisme portugais», in *Hommage à Victor Hugo*, Paris, F. Calouste Gulbenkian/C. Culturel Portugais, 1985, pp. 121-173.

MOSER, Gerd — *Les romantiques portugais et l'Allemagne*, Paris, Jouve & Cie., 1939.

NEMÉSIO, Vitorino — *Relações francesas do Romantismo português*, Coimbra, Ed. da Biblioteca da Universidade, 1936.

RODRIGUES, A. Gonçalves — *A novelística estrangeira em versão portuguesa no período pré-romântico*, Coimbra, Biblioteca da Universidade, 1951.

RODRIGUES, A. A. Gonçalves — *Victor Hugo em Portugal*, Lisboa, Biblioteca Nacional, 1985.

Romantismo — da mentalidade à criação artística, Sintra, Instituto de Sintra, 1986.

SANTOS, M. de Lourdes Lima dos — *Intelectuais portugueses na primeira metade de oitocentos*, Lisboa, Ed. Presença, 1988.

SANTOS, M. de Lourdes Lima dos — *Para uma sociologia da cultura burguesa em Portugal no século XIX*, Lisboa, Ed. Presença/Instituto de Ciências Sociais, 1983.

SENA, Jorge de — «O Romantismo», in *O Tempo e o Modo*, 36, 1966, pp. 274-286.

SERRÃO, Joel — «O devir da poesia romântica no devir da sociedade burguesa», in *Temas de Cultura Portuguesa — II*, Lisboa, Portugália, 1965.

SILVA, V. M. de Aguiar e — *O teatro de actualidade no Romantismo português (1849-1875)*; separ. de *Revista de História Literária de Portugal*, vol. II, 1964; Coimbra, 1965.

2. Almeida Garrett: *Viagens na minha terra*

BERARDINELLI, Cleonice — «Garrett e Camilo — românticos heterodoxos?», in *Convergência*, ano 1, n.º 1, 1976, pp. 63-78.

CIDADE, Hernâni — «Almeida Garrett. Como as viagens no estrangeiro prepararam as 'Viagens na minha terra'», in *Século XIX. A revolução cultural em Portugal e alguns dos seus mestres*, Lisboa, Ed. Presença, 1985.

COELHO, J. do Prado — «Garrett perante o Romantismo», in *Estrada Larga*, Porto, Porto Ed., s/d., vol. I.

COELHO, J. do Prado — «Garrett e os seus mitos»; «A novela da 'Menina dos Rouxinóis'», in *Problemática da História Literária*, 2.ª ed., Lisboa, Ática, s./d.

COELHO, J. do Prado — «Garrett prosador»; «A dialéctica da História em Garrett»; «Garrett, Rousseau e o Carlos das *Viagens*», in *A letra e o leitor*, Lisboa, Moraes Ed., 1977.

DIAS, A. da Costa — «Estilística e dialéctica», prefácio a *Viagens na minha terra* de A. Garrett, Lisboa, Ed. Estampa, 1983.

DIAS, Domingos de Oliveira — "A voz do narrador de 'Viagens na minha terra'", in *Atlântida*, vol. XXXIII, 2.º sem., 1988, pp. 13-20.

LAWTON, R. A. — *Almeida Garrett. L'intime contrainte*, Paris, Didier, 1966.

LAWTON, R. A. — "Regards sur deux ou... trois héros romantiques", in *L'enseignement et l'expansion de la Littérature Portugaise en France*, Paris, F. C. Gulbenkian/C. Culturel Portugais, 1986, pp. 111-121.

MACEDO, Helder — «As *Viagens na minha terra* e a Menina dos Rouxinóis», in *Colóquio/Letras*, 51, 1974, pp. 15-24.

MONTEIRO, Ofélia Paiva — «Ainda sobre a coesão estrutural de 'Viagens na Minha terra'», in *Afecto às letras. Homenagem da Literatura Portuguesa contemporânea a Jacinto do Prado Coelho*, Lisboa, Imprensa Nacional-Casa da Moeda, 1984, pp. 572-579.

MONTEIRO, Ofélia Paiva — *Viajando com Garrett pelo Vale de Santarém. Alguns elementos para a história inédita da novela de Carlos e Joaninha*, separ. de *Actas* do V Colóquio Internacional de Estudos Luso-Brasileiros, Coimbra, 1966, vol. IV.

MONTEIRO, Ofélia M. C. Paiva — *A formação de Almeida Garrett. Experiência e criação*, Coimbra, Centro de Estudos Românicos, 1971, 2 vols.

MONTEIRO, Ofélia M. C. Paiva — «Introdução» a *Viagens na minha terra*, 2.ª ed., Coimbra, Atlântida, 1973, 1.º vol.

MONTEIRO, Ofélia Paiva — «Algumas reflexões sobre a novelística de Garrett», in *Colóquio/Letras*, 30, 1976, pp. 13-29.

MOURA, J. de Almeida — «Paidêutica e expressão literária nas *Viagens* de Garrett», in *Vértice*, vol. XLV, 464/5, 1985, pp. 56-88.

MOURÃO-FERREIRA, David — «Para um retrato de Garrett», in *Hospital das Letras*, 2.ª ed., Lisboa, Imprensa Nacional-Casa da Moeda, s/d., pp. 47-56.

PEREIRA, M. Eduarda Vassalo — «*Viagens na minha terra*, de Almeida Garrett: pedagogia do texto e protocolos de leitura», in *Actas*. X Encontro de Professores Univ. Brasileiros de Lit. Portuguesa. I Colóquio Luso-Brasileiro de Prof. Univ. de Lit. de Expressão Port.; Lisboa/Coimbra/Porto, Inst. de Cult. Brasileira/Univ. de Lisboa, 1984, pp. 597-601.

PIMENTEL, F. J. Vieira — "Garrett e o fingimento romântico", in *Racional e comovido. Temas de Literatura*, Ponta Delgada, Signo, 1989, pp. 19-27.

PIMPÃO, A. J. da Costa — «O Romantismo das 'Viagens' de Almeida Garrett», in *Gente Grada*, Coimbra, Atlântida Ed., 1952.

REIS, Carlos — «Camões nas *Viagens*», in *Construção da leitura. Ensaios de metodologia e de crítica literária*, Coimbra, I.N.I.C./Centro de Literatura Portuguesa, 1982.

REIS, Carlos — «Leitura e leitora nas «Viagens» de Garrett», separ. de *A Mulher na Sociedade Portuguesa. Visão histórica e perspectivas actuais*, Coimbra, Inst. de História Económica e Social/Fac. de Letras, 1986.

ROCHA, Andrée Crabbé — *O teatro de Garrett*, 2.ª ed., Coimbra, Coimbra Ed., 1954.

SARAIVA, António José — «Garrett e o Romantismo», in *Para a história da cultura em Portugal*, 3.ª ed., Lisboa, Pub. Europa-América, 1972, 2 vols.

TAVARES, José — "As Viagens na minha terra", in *Revista da Faculdade de Letras*, Lisboa, tomo X, 2.ª série, 3, 1943, pp. 18-33.

TERRA, José F. da Silva — «Les exils de Garrett en France», in *Bulletin des Études Portugaises*, n. série, t. XXVIII-XXIX, 1967-8, pp. 163-211.

ÍNDICE ONOMÁSTICO

ADDISON, Joseph — 21.
ANDRADE, Gomes Freire de — 11.
ANTIER, Benjamin — 56.
ARISTÓTELES — 14.
ARLINCOURT, Visconde d' — 20.

BAL, Mieke — 32.
BAYLE, Pierre — 21.
BÉGUIN, Albert — 69.
BENSE, Max — 57.
BENTHAM, Jeremy — 21.
BOILEAU, Nicolas — 55.
BOOTH, Wayne C. — 49.
BYRON, Lord — 14, 55.

CALDERÓN DE LA BARCA, Pedro — 21.
CAMÕES, Luís de — 10, 15, 21, 53, 55, 71.
CASTELO BRANCO, Camilo — 62, 69.
CASTILHO, A. Feliciano de — 20.
CATULO — 12.
CENTENO, Yvette K. — 48.
CERVANTES, Miguel de — 21, 33, 92.
CHATEAUBRIAND, F. René — 21.
CHAVES, Castelo Branco — 18.
CLAUDON, F. — 69,
COELHO, J. do Prado — 17, 19, 20, 91, 93, 97.
CORMENIN — 21.
CORNEILLE, Pierre — 10, 73.

DANTE — 21.
DELILLE, M. Manuela — 56.
DIAS, A. da Costa — 31, 65, 78, 91.
DOMINGOS, Manuela D. — 48.
DUMAS, Alexandre — 57.

ECO, Umberto — 67.
ERICEIRA, Conde da — 55.
EIKHENBAUM, Boris — 51.
ELÍSIO, Filinto — 12, 13, 16.
EURÍPIDES — 10, 21, 55.

FEIO, J. V. Barreto — 16.
FÉNELON, François — 21.
FRANÇA, José-Augusto — 17, 41, 57.
FURST, Lilian R. — 69, 107.

GARRETT, Almeida — 9, 10, 11, 13, 14, 15, 16, 17, 18, 19, 20, 33, 40, 41, 45, 52, 55, 58, 60, 63, 79, 80, 84, 91, 101, 108.
GENETTE, Gérard — 32, 36.
GOETHE, J. Wolfgang — 21.
GUIZOT, François — 21.

HARTMANN, Nicolai — 92, 93.
HEGEL, George W. F. — 93.
HERCULANO, Alexandre — 13, 17, 20, 39, 69.
HERDER, Johann — 21.
HERÓDOTO — 101.
HÖLDERLIN, Friedrich — 93.
HOMERO — 21, 55, 73.
HORÁCIO — 10, 12, 14, 21, 55, 73, 86.
HUGO, Victor — 20, 41, 42, 45, 55, 57.

KANT, Emmanuel — 21.
KAYSER, Wolfgang — 85.

LACOUE-LABARTHE, Ph. — 69.
LAMARTINE, Alphonse de — 21, 55.
LAWTON, R. A. — 14, 71.

LEIBOWITZ, J. — 51.
LOPES, Ana Cristina M. — 32, 34, 51.

MACEDO, Helder — 79, 92, 100.
MACHADO, A. Manuel — 57.
MACHEREY, Pierre — 90, 91.
MACPHERSON, James — 16.
MAFFEI, Scipione — 10.
MAISTRE, Xavier de — 33.
MANUEL, Passos — 17, 19, 63, 108.
MAQUIAVEL, Nícolo — 21.
MARQUES, A. H. de Oliveira — 101.
MARTINS, Oliveira — 95, 101.
METASTASIO, Pietro — 10.
MIGUEL, D. — 13.
MILTON, John — 55.
MINGOCHO, M. Teresa — 55.
MIRANDA, Sá de — 21.
MOISÉS, Massaud — 51.
MOLES, Abraham — 57.
MOLIÈRE — 73.
MONTEIRO, Ofélia Paiva — 10, 18, 20, 41, 43, 63, 64, 80, 93, 108, 110.
MORAWSKI, Stefan — 67.

NANCY, Jean-Luc — 69.
NASCIMENTO, F. Manuel do — V. ELÍSIO, Filinto.
NEMÉSIO, Vitorino — 13.

OSSIAN — 16.
OVÍDIO — 55.

PAULYANTHE — 56.
PIRANDELLO, Luigi — 80.
PLATÃO — 21.
POMBAL, Marquês de — 62.
POPE, Alexander — 73.
PRINCE, Gerald — 34.

QUEIRÓS, Eça de — 33, 55, 62.

RABELAIS, François — 21.

RACINE, Jean — 10, 73.
RADCLIFFE, Anna — 20.
RECKERT, Stephen — 48.
REIS, Carlos — 32, 34, 51, 90.
RIBEIRO, Bernardim — 79.
ROBINE, Regine — 67.
ROCHER, Guy — 89.
RODRIGUES, A. Gonçalves — 57.
ROUSSEAU, Jean-Jacques — 21, 75, 97.

SAGRADA FAMÍLIA, D. Fr. Alexandre da — 10.
SAINT-AMAND — 56.
SALGADO, M. Antonieta — 12.
SCHELLING, Friedrich — 93.
SCOTT, Walter — 14, 20, 57.
SERRÃO, Joel — 101.
SHAKESPEARE, William — 21, 55.
SILVA, V. M. de Aguiar e — 46, 69, 92.
SMITH, Adam — 21.
SÓFOCLES — 73.
STERNE, Lawrence — 21.
SUE, Eugène — 41, 54, 57.
SULEIMAN, Susan R. — 44.

TASSO, Torquato — 73.
TAVARES, J. Pereira — 93.
THIERS, Adolphe — 21.
THOMSON — 12.
TIEGHEM, Paul Van — 69.
TODOROV, Tzvetan — 51.
TUCÍDIDES — 21.

VASCONCELOS, Inácio da P. — 48, 49.
VICENTE, Gil — 21.
VIEIRA, P. António — 21.
VIRGÍLIO — 12, 21, 73.
VOLTAIRE — 21.

XENOFONTE — 21.

YOUNG — 12.

ÍNDICE GERAL

PREFÁCIO	7
INTRODUÇÃO	9
1. Formação cultural	9
2. Garrett e o Romantismo	13
3. A novelística garretiana	18
QUADRO SINÓPTICO (1799-1854)	22
1. **Estrutura da narrativa**	31
1.1. Níveis narrativos	31
1.2. Comunicação narrativa	39
2. **Viagens**	45
2.1. Géneros	46
2.2. Temas	53
2.2.1. Literatura	54
2.2.2. Sociedade	59
3. **Novela**	67
3.1. Personagens	68
3.1.1. Carlos	69
3.1.2. Joaninha	73
3.2. Conflitos	79
3.2.1. Carlos/Joaninha	80
3.2.2. Carlos/Fr. Dinis	84
4. **Ideologia**	89
4.1. Discurso ideológico	90
4.1.1. Idealismo/Materialismo	92
4.1.2. Natureza/Sociedade	95
4.2. Novela	98
4.3. Conclusão	108
BIBLIOGRAFIA	111
ÍNDICE ONOMÁSTICO	113
ÍNDICE GERAL	117